UNE HEURE DE FERVEUR

DU MÊME AUTEUR

UNE GOURMANDISE, Gallimard, 2000 ; Folio n° 3633.
L'ÉLÉGANCE DU HÉRISSON, Gallimard, 2006 ; Folio n° 4939.
LA VIE DES ELFES, Gallimard, 2015 ; Folio n° 6569.
UN ÉTRANGE PAYS, Gallimard, 2019.
UNE ROSE SEULE, Actes Sud, 2020 ; Babel n° 1816.
LES CHATS DE L'ÉCRIVAINE, Les Éditions de l'Observatoire, 2020.
UNE HEURE DE FERVEUR, Actes Sud, 2022 ; Babel n° 1939.

© ACTES SUD, 2022
ISBN 978-2-330-18927-3

MURIEL BARBERY

UNE HEURE
DE FERVEUR

roman

BABEL

à Chevalier

à celles et ceux de Kyōto
Akiyo, Megumi, Sayoko ⚥
Keisuke, Manabu, Shigenori, Tomoo
Kazu, Tomoko

et Éric-Maria

Mourir

À l'heure de mourir, Haru Ueno regardait une fleur et pensait : Tout tient à une fleur. En réalité, sa vie avait tenu à trois fils et le dernier, seulement, était une fleur. Devant lui s'étendait un petit jardin de temple qui faisait vœu de paysage miniature parsemé de symboles. Que des siècles de quête spirituelle aient abouti à cet agencement précis l'émerveillait – tant d'efforts tendus vers une signification et, à la fin, une pure forme, pensait-il encore.

Car Haru Ueno était de ceux qui recherchent la forme.

Il savait qu'il serait mort bientôt et il se disait : Enfin, je suis accordé aux choses. Dans le lointain, le gong du Hōnen-in résonna quatre fois et l'intensité de sa propre présence au monde lui donna le vertige. En face de lui, le jardin clos de murs passés à la chaux blanche, surmontés de tuiles grises. Dans le jardin, trois pierres, un pin, une étendue de sable, une lanterne, de la mousse. Au-delà, les montagnes de l'Est. Le temple, lui, s'appelait le Shinnyo-dō. Pendant presque cinq décennies, chaque semaine, Haru Ueno avait parcouru le même circuit – il allait

au temple principal sur la colline, traversait le cimetière en contrebas et revenait à l'entrée du complexe
dont il était un important donateur.

Car Haru Ueno était très riche.

Il avait grandi en observant la neige tomber et
fondre sur les pierres d'un torrent de montagne. Sur
une rive était arrimée la petite maison familiale, sur
l'autre une forêt de grands pins dans la glace. Pendant longtemps, il avait cru aimer la matière – la
roche, l'eau, les feuillages et le bois. Quand il avait
compris qu'il aimait les formes que prenait cette
matière, il était devenu marchand d'art.

L'art : l'un des trois fils de sa vie.

Bien sûr, il n'était pas devenu marchand en un
jour, il avait fallu le temps de changer de ville et
de rencontrer un homme. À vingt ans, tournant
le dos aux montagnes et au commerce de saké de
son père, il avait quitté Takayama pour Kyōto. Il
n'avait ni argent ni relations mais il possédait une
fortune peu commune : bien qu'il ne connût rien
du monde, il savait qui il était. C'était le mois de
mai et, assis sur le sol de bois, il entrevoyait l'avenir avec une clarté proche de la lucidité du saké.
Tout autour bruissait le complexe de temples zen
où un cousin moine lui avait négocié une chambre. La rencontre entre la puissance de sa vision et
l'immensité du temps lui donnait le vertige. Cette
vision ne disait ni où, ni quand, ni comment. Elle
disait : Une vie consacrée à l'art. Et encore : Je réus-
sirai. La chambre donnait sur un minuscule jardin

ombreux. Au-delà, le soleil dorait les chaumes des grands bambous gris. Parmi les hostas et les fougères naines poussaient des iris d'eau. L'un d'eux, plus grand et plus gracile que les autres, oscillait dans la brise. Une cloche, quelque part, sonna. Le temps se dilua et Haru Ueno fut cette fleur. Puis cela passa.

En ce jour, à cinquante années de distance, Haru Ueno regardait la même fleur et s'étonnait que ce fût, de nouveau, un 20 mai à seize heures. Une chose, néanmoins, différait : cette fois, il la regardait en lui-même. Une autre était semblable : tout – l'iris, la cloche, le jardin – avait lieu au présent. Une dernière était remarquable : dans ce présent total se dissolvait la douleur. Il entendit un bruit derrière lui et espéra qu'on le laisserait seul. Il pensa à Keisuke qui attendait quelque part qu'il mourût et se dit : Une vie se résume à trois noms.

Haru, celui qui ne voulait pas mourir. Keisuke, celui qui ne le pouvait pas. Rose, celle qui vivrait.

Les quartiers privés où il reposait étaient ceux du moine principal du temple, lequel était le jumeau de Keisuke Shibata, l'homme grâce auquel sa vocation était advenue. Les frères Shibata descendaient d'une vieille famille de Kyōto qui, de temps immémoriaux, fournissait la cité en laqueurs et en moines. Comme Keisuke détestait également la religion et – parce qu'elle brillait – la laque, il avait choisi la poterie mais il était aussi peintre, calligraphe et poète. La chose notable dans la rencontre de Haru et Keisuke fut que, entre eux, d'abord, il y eut un bol. Haru le vit et sut ce que serait sa vie. Il n'avait jamais rencontré une telle œuvre : le bol paraissait ancien et nouveau à la fois, d'une façon qu'il jugeait *impossible*. À côté, affalé sur une chaise, il y avait un homme sans âge et, si cela avait un sens, du même alliage que le bol. Par ailleurs, il était fin saoul et Haru faisait face à une équation également impossible – d'un côté, la forme parfaite, de l'autre, son créateur : un ivrogne. Après qu'on les eut présentés, ils scellèrent dans le saké l'amitié d'une vie.

L'amitié : le deuxième fil auquel la vie de Haru tiendrait.

Aujourd'hui campait devant lui la mort sous l'apparence d'un jardin et tout le reste, hors ces deux instants à un demi-siècle de distance, était devenu invisible. Un nuage frôla le sommet du Daimon-ji et déposa dans son sillage un parfum d'iris. Il pensa : Il n'y a plus que ces deux instants et Rose.

Rose, le troisième fil.

Avant

La rencontre de Haru Ueno et Keisuke Shibata avait eu lieu cinquante ans plus tôt chez Tomoo Hasegawa, un producteur de documentaires sur l'art pour la télévision nationale. Quoique, d'ordinaire, les Japonais reçoivent peu chez eux, on croisait dans sa maison des artistes japonais, des artistes étrangers et toutes sortes de gens qui n'étaient pas des artistes. Le lieu ressemblait à un voilier échoué sur une grève de mousse. Sur le pont supérieur, on prenait le vent par les fenêtres, y compris au cœur de l'hiver. L'arrière du bateau était accroché à un flanc de Shinnyo-dō. La proue faisait face aux montagnes de l'Est. Au début des années 1960, Tomoo l'avait conçu, dessiné, fait construire et ouvert à qui était assoiffé d'art, de saké et de fête. La fête incluait l'amitié et les rires dans la nuit. L'art et le saké étaient purs. Ils se maintenaient éternellement tels qu'en eux-mêmes. Rien, jamais, ne venait altérer leur éther.

Ainsi, depuis presque dix ans, Tomoo Hasegawa régnait sur sa colline. On disait Hasegawa san ou Tochan, en usant du diminutif affectueux des enfants. On venait et repartait à toute heure, qu'il fût là ou qu'il fût sorti. On l'aimait, on aurait voulu être comme lui mais personne ne lui en gardait rancœur. À part cela, il adorait Keisuke, Keisuke l'adorait et, par un fait exprès, ils avaient tous les deux le même goût du froid. Quelle que soit la saison, ils parcouraient les allées du temple à demi vêtus et, à l'aube du 10 janvier 1970, Haru fut des leurs pour la première fois. Dans le petit jour, la colline avait des airs de banquise, les lanternes de pierre scintillaient, l'air sentait le silex et l'encens. Les deux autres gazouillaient dans leurs tenues légères mais Haru, qui portait un manteau épais, grelottait. Cependant, il n'y prêtait pas attention et, dans cette aurore de glacier, se découvrait en pèlerinage. La maison des siens se trouvait à Takayama mais le lieu où il avait vécu et vivrait sa vraie vie était Shinnyo-dō. Haru ne croyait pas aux vies antérieures mais il croyait en l'esprit. Désormais il serait un pèlerin. Sans cesse il reviendrait à sa juste origine.

Le Shinnyo-dō : un temple avoisinant d'autres temples, perché sur une éminence au nord-est de la ville que, par extension, Haru appelait du même nom. Partout des érables, des bâtiments anciens, une pagode de bois, des chemins pavés de pierre et, naturellement, des cimetières posés sur le faîte et les flancs de la colline, dont ceux de Shinnyo-dō et de Kurodani auxquels Haru, une fois l'argent venu, donnerait avec une égale générosité. Pendant presque cinquante ans, chaque semaine, il passerait le porche rouge, grimperait jusqu'au temple, le contournerait, continuerait vers le sud en longeant deux cimetières, en traverserait un troisième, contemplerait Kyōto à ses pieds, descendrait les escaliers de pierre de Kurodani, serpenterait vers le nord entre les temples du complexe, retrouverait son point de départ et, à chaque instant, se saurait chez lui. Puisqu'il n'était bouddhiste que par tradition mais voulait faire s'agréger le tout de sa vie, il s'était forgé la conviction que le bouddhisme était le nom que sa culture donnait à l'art ou, du moins, à cette racine de l'art qu'on appelle l'esprit. L'esprit englobait tout. L'esprit expliquait tout. Pour une raison mystérieuse, la colline de Shinnyo-dō en incarnait l'essence. Lorsque Haru parcourait sa boucle, il parcourait la vie en son ossature nue, dépouillée de son obscénité, lavée de ses trivialités. Or, avec les années, il avait compris que ces illuminations naissaient de la configuration de l'endroit. Au cours des siècles, des hommes avaient assemblé les bâtiments et les jardins, disposé les temples, les arbres et les lanternes et, à la fin, ce labeur patient avait engendré un miracle : en arpentant les allées, on se sentait tutoyer l'invisible. Beaucoup en créditaient le mérite aux présences supérieures qui hantent les lieux sacrés mais Haru, lui, avait appris des pierres de son torrent que l'esprit naît de la forme, qu'il n'y a rien d'autre que la forme, la grâce ou la disgrâce qui en résultent, l'éternité ou la mort contenues dans les courbes d'un rocher. Ainsi, en cet hiver 1970 où il n'était encore personne, il décida que ses cendres, un jour, reposeraient là. Car Haru Ueno ne savait pas seulement qui il était, il savait également ce qu'il voulait. Il n'attendait que d'en comprendre la forme.

Par conséquent, quand il fit la connaissance de Keisuke Shibata, il vit son avenir aussi clairement qu'un bol de terre en plein jour. Ce soir-là, Tomoo

Hasegawa, jouant les mécènes, lançait chez lui une poignée de jeunes artistes atypiques. Comme à l'accoutumée, ils apportaient leurs œuvres dans le voilier de Shinnyo-dō, le tout Kyōto venait, buvait, causait puis repartait colporter leurs noms. La plupart de ces artistes étaient des électrons libres. Ils n'appartenaient pas à une école ou à une famille. Ils se voulaient, chose culturellement compliquée, *singuliers*. Ils ne copiaient pas l'art contemporain occidental. Ils travaillaient la matière de leur terre natale en lui donnant une figure inédite qui paraissait toujours japonaise mais non pas à la manière des grandes lignées. En définitive, ils convenaient au goût de Haru parce qu'ils ressemblaient à ce qu'il voulait être lui-même : jeune mais profond, fidèle mais libre d'attaches, réfléchi et, pourtant, plein d'audace.

À cette époque, les quelques galeries d'art contemporain qui voyaient le jour ne survivaient qu'en vendant aussi de l'art ancien dont le marché, très fermé, requérait qu'on y eût ses entrées. Haru, fils d'un modeste brasseur de saké des montagnes, n'avait aucune chance d'y poser un orteil. Il payait sa chambre au Daitoku-ji en participant aux tâches d'entretien du temple et ses études d'architecture et d'anglais en travaillant le soir dans un bar. Il possédait en tout et pour tout un vélo, des livres et le nécessaire à thé que lui avait donné son grand-père. Enfin, la quatrième chose qu'il possédât était un manteau, qu'il portait de novembre à mai, dedans comme dehors, torturé par le froid. Toutefois si, en ce janvier glacial, il n'avait rien, on venait de déposer dans ses mains nues une boussole magnifique.

Il pensait : Je vais faire la même chose que Tomoo mais je vais le faire en plus grand.

Il le fit. Auparavant, après un certain nombre d'autres nuits au saké, il en expliqua le projet à Keisuke et lui déclara : J'ai besoin de ton argent pour commencer. En guise de réponse, Keisuke lui conta une histoire. Vers l'an 1600, un fils de marchand désirant devenir samouraï, son père lui dit : Je suis vieux et sans autre héritier mais les samouraïs honorent la voie du thé et, pour cela, je te donne ma bénédiction. Le lendemain, Haru convia Keisuke dans sa chambre et, avec le service de son grand-père, lui prépara le thé au cours d'une cérémonie sans façon mais tout de même un peu solennelle. Ensuite ils burent du saké et conversèrent en riant. La neige qui tombait sur les temples coiffait les lanternes d'ailes de corbeau immaculées et, sans prévenir, Keisuke y alla d'un couplet sur l'inanité de la religion. Le bouddhisme n'est pas une religion, dit Haru, ou alors c'est la religion de l'art. Dans ce cas, c'est aussi celle du saké, fit valoir Keisuke. Haru en convint et ils burent encore. À la fin, il précisa la somme requise. Keisuke la lui prêta.

Après quoi Haru brilla à contourner les obstacles. Il n'avait pas de lieu, il loua un entrepôt. Il n'avait pas de réseau, il utilisa celui de Tomoo. Il n'avait pas de réputation, il s'employa à bâtir celle des autres. Il charmait tout le monde et Keisuke avait vu juste : il était profondément un marchand mais, à la différence de son père, il serait un grand marchand parce qu'il n'avait pas seulement le sens des affaires mais aussi celui du thé ou, pour le dire autrement, de la grâce. À la vérité, il existe deux sortes de grâce. La première résulte de l'esprit né de la forme et, pour celle-ci, Haru allait à Shinnyo-dō. La seconde n'est que la première sous un angle différent mais, parce qu'elle prend une apparence spécifique, on lui donne le nom de beauté – pour celle-là, Haru allait dans les jardins zen et fréquentait les artistes. Son œil de thé sondait leurs ouvrages et en transperçait l'âme, ce qu'il résumait en disant : Je n'ai pas de talent mais j'ai beaucoup de goût. En cela il se trompait puisqu'il existe une troisième sorte de grâce dont sont infusées les deux autres et en laquelle Keisuke voyait le talent suprême. Et si, dans le cas de Haru, elle s'ancrait dans un paradoxe, elle n'en était pas moins très puissante : toute sa vie, il échouerait en amour mais en amitié il serait un maître.

L'amitié qui, pourtant, est une partie de l'amour.

Un jour, alors que Haru avait déjà largement té-moigné de son goût des Occidentales, Keisuke lui avait dit :

— Pour moi, tout – la vie, l'art, l'âme, la femme – est peint d'une seule encre.

— Quelle encre ? avait demandé Haru.

— Le Japon, avait répondu Keisuke. Je n'ima-gine pas toucher une femme étrangère.

Pour Haru, c'était inconcevable bien qu'il com-prît l'amour de Keisuke pour la sienne et, à dire vrai, qui ne l'aurait compris ? Sae Shibata était tout ce que le cœur pouvait désirer. Quand on la ren-contrait, on sentait une lance s'y ficher. On n'avait pas mal, c'était comme regarder le déroulé très lent d'une action ineffable. Quelle action ? On ne savait pas, au demeurant on ne savait pas grand-chose – si elle était belle, petite, vive ou grave, personne n'au-rait pu le dire. Pâle, oui. Mais sinon, il ne restait rien, seulement une présence intense avec laquelle on avait fait du chemin. Or voici qu'un soir de no-vembre 1975, un tremblement de terre avait fauché un arbre, Sae et la petite Yōko sur une route de la côte près de Kaseda où vivait leur mère et grand-mère. Léger, le tremblement de terre – puis plus rien. L'arbre tombe sur la voiture et l'infini s'éteint.

— Ce n'est que le début, dit Keisuke à Haru.

— Il n'y a aucune raison que ça continue, l'assura Haru.

— Arrête de me baratiner, dit Keisuke.

— D'accord, répondit Haru.

Et il fut aux côtés du potier sans paroles inutiles dix ans plus tard, le 14 février 1985, quand Tarō, son fils aîné, mourut, de même que vingt-six ans après, le 11 mars 2011, quand ce fut le tour de Nobu, le cadet.

— Mais moi je ne peux pas mourir, dit Keisuke à la mort du premier. Ça s'appelle un destin, précisa-t-il en prenant la coupe de saké que lui tendait Haru.

— Comment le sais-tu ? demanda Haru.

— Les étoiles, dit Keisuke. Pour peu que tu saches écouter. Mais tu ne sais pas écouter, les gens des montagnes sont très cons.

En réalité, Haru Ueno était surtout brutal comme peuvent l'être parfois les gens des montagnes et, en un peu moins de dix ans, il avait réussi au-delà de toute espérance. De ses débuts, il avait gardé la pratique de louer des lieux éphémères et d'y présenter les œuvres. La seule chose qu'il avait acquise était un entrepôt de stockage. Sinon, tout avait changé : il était riche, il était puissant, on encensait ses artistes. Il y avait à cela diverses raisons, dont la brèche dans laquelle il avait su s'engouffrer et aussi, en bonne place, le fait qu'il repérait intelligemment ses poulains mais que, par un égal mélange de sincérité et de calcul, il choisissait pareillement ses acheteurs.

On n'imagine pas à quel point cela attisait le désir : on ne voulait pas seulement les œuvres, on voulait être un client de Haru Ueno. Au commencement, il officiait seul quoique Keisuke traînât souvent dans un coin pendant que se concluaient les ventes. Il y avait toujours du saké et on buvait tard dans la soirée jusqu'à ce que Haru emmène tout le monde dîner quelque part. Une fois que les autres avaient roulé sous la table, Keisuke et lui s'en retournaient à pied sous la lune. À ces heures profondes, ils parlaient de choses essentielles. Pourquoi bois-tu ? demanda Haru bien avant la mort de sa femme. Parce que je connais le destin, répondit Keisuke. Et quand Sae et la petite Yōko moururent, il lui dit : Je t'avais prévenu. Une autre fois, Haru demanda : Que gardes-tu, l'invisible ou le sublime ? Keisuke ne revint pas de quelques jours puis porta à Haru le plus beau tableau qu'il eût jamais peint. Parfois, ils admiraient seulement les étoiles en fumant et en conversant sur l'art. D'autres fois, Keisuke racontait des histoires également mêlées de littérature classique et de folklore personnel. Enfin, chacun rentrait chez soi, à deux cents pas de distance, sur les bords de la Kamo-gawa.

La Kamo-gawa – le métronome de la vie de Haru était sa promenade hebdomadaire à Shinnyo-dō mais son ancre était fichée dans les berges de la rivière qui traverse Kyōto du nord au sud et la fend en deux entités distinctes. Tous les natifs le savent : c'est à ses rives, ses allées sableuses, ses herbes folles et ses hérons que se prend le pouls de la vieille cité. Donne-moi de l'eau et une montagne, disait Keisuke, et je te façonne le monde, la vallée où serpente l'insaisissable. Haru acheta une vieille bâtisse en ruine qui, tournant le dos à l'ouest, longeait la rivière et regardait les montagnes de l'Est. Il n'avait pas terminé ses études d'architecture mais Dieu sait s'il pouvait dessiner une maison. En lieu et place de la bicoque croulante, il fit s'élever une merveille de bois et de verre. Au-dehors, elle donnait sur l'eau et les montagnes. Au-dedans, elle s'ouvrait sur de minuscules jardins. Au centre de la pièce principale, dans une cage de verre ouverte sur le ciel, vivait un jeune érable. Haru meubla peu, avec goût, fit venir quelques œuvres. Pour sa chambre, il voulut un dépouillement total à peine corrigé d'un futon et du tableau de Keisuke. Le matin, il prenait le thé en regardant les coureurs filer le long des berges à érables et à cerisiers. Le soir, il travaillait seul dans un bureau dont les baies en angle donnaient sur les montagnes de l'Est et du Nord. Enfin, il se couchait après avoir vécu un autre jour dans la vallée de l'insaisissable. La moitié du temps, toutefois, il n'était pas seul : à l'entrepôt il organisait des fêtes où l'on buvait et dansait entre les coffres de stockage, chez lui des réunions amicales où l'on buvait et parlait assis devant la cage de l'érable. Les gens allaient aussi bien chez Tomoo, où se trouvait immanquablement Haru, que chez Haru, où Tomoo avait ses baguettes. Dans tous les cas, Keisuke était là.

Nous sommes le 20 janvier 1979 et, bien sûr, Keisuke est là. Sae et Yōko ont déjà disparu mais Tarō et Nobu, ses deux fils, sont encore de ce monde. Avec eux, dans la maison fraîchement inaugurée de la Kamo-gawa, Haru célèbre ses trente ans. Comme d'habitude, il y a des habitués, des inconnus et beaucoup de femmes. On sert le saké, on rit avec légèreté, le temps ressemble à une palme caressée par la brise. Dehors, il neige et, dans la cage de l'érable, la lanterne de pierre est coiffée d'ailes de corbeaux immaculées. Une femme entre en compagnie de Tomoo, Haru la voit de dos, il voit ses cheveux roux arrangés en un chignon lâche, sa robe verte, les brillants à ses oreilles. Elle parle avec Tomoo, observe l'arbre, pivote sur elle-même et il découvre son visage. Alors, d'un coup, sans prévenir, de la façon dont parfois tombe le brouillard, c'en est fini de la légèreté.

— Un éventail ne dissipe pas le brouillard, dit Keisuke à un jeune sculpteur sans le regarder car celui qu'il regarde est Haru.

Il se tait et, au bout d'un moment, le jeune sculpteur, perplexe, s'éclipse en marmonnant une excuse mais Keisuke, absorbé par l'incendie qui se lève, ne lui prête aucune attention. Il sait voir les étoiles et il connaît les incendies – or, il n'a pas de doute, cette femme en porte un. Il n'a pas peur pour Haru – pas encore –, il a peur pour elle. Il n'a jamais rencontré d'être qui fût ainsi une *non-présence*.

— Voici Maud, elle est française, dit Tomoo et Keisuke pense : Le brouillard.

À côté, il y a Haru et Keisuke pense : L'éventail. Il croise le regard de la Française aux yeux verts et aux cernes élégants. Elle lui dit quelque chose en anglais que Haru commente de trois mots en riant.

— Je ne parle pas anglais, dit Keisuke en japonais.

Elle a un geste de la main qui peut signifier indifféremment ce n'est pas grave ou qui s'en soucie. Tous ont le sentiment que l'espace ou, peut-être, le temps, se distord, puis les choses reprennent un cours apparemment normal et Keisuke sait qu'elle passera la nuit chez Haru. Ce soir, il y a dans la pièce plusieurs femmes qui sont ou ont été ses maîtresses. C'est le plus charmant des hommes et le meilleur des amis pour qui l'amour est une ramification de l'amitié et la famille une branche trop basse – on s'y cogne la tête, je préfère les branches hautes, a-t-il coutume de déclarer avant que Sae et Yōko ne meurent. Aux funérailles, l'amitié étant une partie de l'amour, il dit : Le destin choisit mal ses branches.

Ce soir, en revanche, le même Haru tente de chasser le brouillard. Une coupe de saké à la main, privé de visibilité, il agite ses éventails : celui de la conversation dans l'anglais parfait que lui envient tous les Japonais, celui de l'humour qu'il manie selon le style des Européens, celui du badinage qu'il doit à sa fréquentation, en particulier, des Français. Mais rien ne dissipe le mystère. Elle lui dit qu'elle est l'attachée de presse d'une institution culturelle, il tente une leçon d'art nippon. Elle l'écoute, impassible, et à un moment donné murmure *je suis d'accord* comme on dit *je meurs*. Haru est perdu dans cette femme, elle lui semble infinie et, en même temps, elle n'est pas là, il se trouve face à un vide habité d'étoiles mortes. Il note qu'elle a une très belle bouche, les commissures ourlées en un pli étonnant, et sent simultanément qu'il parviendra à ses fins mais que quelque chose lui échappe.

À l'autre bout de la pièce, quelque chose aussi alarme Keisuke sans qu'il puisse se le figurer clairement si bien que, le saké étant une torche posée sur la racine des choses, il boit. Après une heure, le seul résultat clair est qu'il est ivre mort, assis par terre, le dos contre la cage de l'érable, les jambes allongées, la tête couronnée, en transparence, d'ailes de corbeaux scintillantes. C'est une belle nuit laquée de neige, le ciel s'est glacé, les étoiles en illuminent l'encre sans briller. La Française et Haru sont de l'autre côté de l'arbre et, de nouveau, Keisuke est frappé chez elle par une qualité en creux qui rend le saké impuissant puisque l'évanescence n'a pas de racines. Pourtant, cette non-présence, ces gestes liquides et indifférents répandent un parfum d'incendie. Il perçoit la robe vert émeraude, les brillants aux oreilles, le rouge à lèvres, le visage délicat. Autour de cela, tout est indécis, les proportions, les articulations, la cohésion, la façon dont l'ensemble se rassemble. Keisuke ne peut se représenter cette femme en entier et il sait que ce n'est pas l'effet de l'alcool mais de l'absence en elle des jointures invisibles qui lient les fragments épars des êtres. Le souvenir de Sae le submerge, ils sont dans la maison de la Kamo-gawa, il reconnaît la chambre, la lumière, le corps de sa femme et, dans l'incendie liquide qu'est Maud, il décèle sa formule inversée. À dire vrai, il ne perçoit ni formes ni contours et se trouve comme affligé d'une certaine cécité mais cet aveuglement aux paramètres usuels de la vision est ce qui lui permet ce discernement inédit. C'est ainsi qu'il perce les brumes où se dérobe le visible et se révèle l'invisible, voué à jamais au veuvage et à l'art, le seul territoire où il peut encore façonner des présences. Parfois, avec beaucoup de saké, l'amitié y ajoute les siennes et, de tous, Haru est celui qui luit le mieux dans l'obscurité. Il y a quelque chose d'*incarné* chez ce rustre des montagnes cependant que Keisuke décèle en lui des craquelures qui le touchent. Pour le reste et, en particulier, pour l'art, ils se tiennent sur un segment différent du spectre : Haru convoite une forme à l'effacement de laquelle travaille Keisuke, en traquant l'invisible dans des replis où n'existent ni traits, ni textures, ni couleurs. Tous s'effacent pour saisir la chose nue qui n'est plus chose mais présence et, dans cette course aux yeux bandés, Keisuke espère toujours voir l'esprit lui-même.

— Pourtant, à la fin, c'est une femme ou un bol, fait valoir Haru.

— Tu es aveugle parce que tu regardes, répond-il, tu dois apprendre à ne pas regarder.

Et voici donc Keisuke affalé contre la cage de l'érable et qui, de son œil étalonné par l'échelle de Sae, s'effraie de l'incendie qu'est Maud. Il pense : Que fait un feu qui court dans le vide ? Il ne monte pas, il ne s'élève pas, il se consume lentement en lui-même. Parallèlement à l'aiguisement de sa vision, la certitude de passer à côté de quelque chose s'intensifie et il trouve étrange de côtoyer le cœur de la tragédie sans la voir. Hélas, il est trop saoul pour décrypter le spectacle et il dévisage Haru qui babille tandis qu'elle l'écoute, songeuse, la tête légèrement penchée. Haru, lui, ne remarque pas que Keisuke l'observe. Il a beaucoup bu mais il n'est ivre que de la faveur de cette femme étrangère, elle l'étonne et l'enchante, il est fou de son profil de camée, de sa carnation claire, de ses cheveux roux. Confusément, il perçoit en deçà – mais en deçà de quoi ? – une autre étrangeté dont il reporte l'examen à *après*. Tout ce qu'il veut est embrasser cette bouche, caresser ces épaules et ces seins, pénétrer ce corps et il pense : Le reste se dévoilera *après*.

Lorsque, quarante ans plus tard, Haru Ueno con-
temple la mort habillée en jardin, il revoit leurs
vies sculptées par l'après – l'après Sae, l'après Maud,
l'après Rose – et il pense : Keisuke s'est tué à me
le dire et j'ai ignoré tous les signes, je n'ai rien vu
parce que je n'ai pas cessé de regarder. Mais en ce
20 janvier 1979, les invités quittent peu à peu la
maison, on emporte Keisuke dans une brouette et
on rit longtemps dans la nuit car le froid n'effraie
pas les voyageurs de l'avant. L'un d'eux, pourtant,
sait qu'ils ont déjà basculé dans l'après, qu'il n'y
aura plus qu'une longue litanie d'après, que la vie
n'est qu'un incessant après. En le couchant dans sa
brouette, Tomoo, plus ivre qu'une barrique, lui a dit
Haru mais Keisuke a entendu *danger*. Pour qui dis-
pose de l'œil intérieur, le saké est pur. Rien, jamais,
ne vient altérer son éther. Keisuke croit qu'il aura
leur peau mais qu'il n'aura pas leur âme. Par l'œil
et par le saké, ils ont vu Haru en danger.

Dans la maison de la Kamo-gawa désertée, Haru
entre dans l'eau et la Française le suit. Il lui parle du
bois d'hinoki et de sa nostalgie des sentōs quand les
Japonais n'avaient pas encore de bains domestiques.

Elle est assise face à lui, elle passe la main sur le rebord de bois lisse du bassin.

— Mais il y a encore des sentōs, murmure-t-elle.

Il hoche la tête.

— Ils disparaîtront, dit-il.

Le grand bain miroite dans le clair-obscur de l'heure, la lune et les lanternes du jardin intérieur éclairent son visage et son corps. Elle a des seins blancs, des épaules de ballerine, elle est longue à l'image des roseaux, maigre avec délicatesse. Pour une raison inconnue, Haru pense à une histoire que lui a racontée Keisuke et il s'empare de ce nouvel éventail.

— Vers le milieu de l'époque de Heian, en l'an mille de votre calendrier, dit-il, il y eut des aubes de toute beauté. Au fond des cieux se fanaient des brassées de fleurs pourpres. Parfois de grands oiseaux se prenaient dans ces reflets d'incendie. À la cour impériale, une dame vivait recluse dans ses quartiers, sa noblesse scellait son sort de captive et même le petit jardin attenant à sa chambre lui était interdit. Cependant, pour contempler les aurores, elle s'agenouillait sur le bois de la galerie extérieure et, depuis la nouvelle année, chaque matin, un renardeau s'invitait dans le jardin.

Haru se tait.

— Et ? demande la Française.

— Une pluie drue s'installa jusqu'au printemps, reprend Haru, et la dame pria son nouvel ami de la rejoindre à l'abri, en surplomb du clos où il n'y avait qu'un érable et quelques camélias d'hiver. Là, ils apprirent à se connaître en silence mais, ensuite, après qu'ils eurent inventé un langage commun, la seule chose qu'ils se dirent fut le nom de leurs morts.

Haru se tait de nouveau et, cette fois, elle reste coite. Alors qu'il a cru distinguer une silhouette dans la brume, il lui semble maintenant qu'une forteresse grandit, une forteresse d'ombres, immense et imprenable, et il est pris du désir, immense lui aussi, de posséder cette femme. Plus tard encore, il s'émerveille du miracle, de ces cuisses ouvertes, de ce sexe qu'il pénètre. Il est transporté par son corps, quelque chose d'indéfinissable, tout en le troublant, amplifie son désir. Elle fixe le grand tableau en face du lit et, parfois, elle a un geste ténu qu'il trouve d'un érotisme puissant. Juste après, il s'endort dans un chaos de rêves où se répondent le renard et le bain. La femme y coule entre ses doigts, elle est prisonnière mais liquide et, surtout, elle est *ailleurs*.

Quand il se réveille, il est seul. Les nuits suivantes, elle revient. Dans le bain, il lui conte une histoire. Après, ils vont à la chambre. Chaque fois, elle fixe le tableau. Son corps est pour Haru une source d'éblouissement infini. Il se sent plonger dans un courant cristallin et, dans cette non-résistance totale, il voit un don total. Il est éperdu de ses hanches, de sa peau, de ses gestes rares et il en perd certitudes et repères. Si les femmes aiment Haru, c'est qu'il aime leur plaisir mais avec elle, il ne s'en pose pas la question. Il a passé une frontière et accepté les us d'un pays étranger, il s'imagine que sa jouissance, elle aussi, est *ailleurs*. Dans quelques jours, il pensera qu'il a pris l'indifférence pour un consentement, l'abîme pour une passion et, bientôt : qu'il a voulu cet abîme. Mais cette nuit, la dixième, il s'allonge sur cette femme fantôme et il entre en elle comme on fend une onde noire. Plus tôt, ce soir, ils se sont vus chez Tomoo et il n'a rêvé que de l'heure où il enlacerait ce corps pâle. À un moment, elle a eu pour remettre une mèche un geste qu'elle a dans l'amour et, pour la première fois de sa vie d'homme, il a voulu une femme – cette femme – pour lui seul. Il ne songe pas qu'en dix nuits, elle ne lui a pas adressé dix mots. Dans le brouillard, il ne voit pas l'incendie. Il voit des yeux verts et des gestes de danseuse. Comme toujours, il regarde une forme.

Il la pénètre et sa passivité silencieuse le mène en des extases inconnues. Sans doute, si elle s'animait, le sortilège se romprait mais elle ne s'anime pas et il s'égare dans son propre délice. Il va et vient dans cette faille de lumière, tout ce que cette femme voudra, il le voudra aussi puis, soudain, quelque chose bascule et elle lui apparaît autre. Dans l'aube naissante, son corps nu est diaphane et, pour la première fois, elle ne fixe pas le tableau : elle l'observe. Elle a les pupilles dilatées, les yeux sombres, il est pris de l'effroi d'épingler vivant un insecte. Sa pâleur est un piège où s'absorbe la lumière et il jouit en silence, étreint d'une sensation de désastre. Elle se lève, s'habille, lui dit qu'elle va à Tōkyō, qu'elle le reverra quand elle reviendra. Il ne comprend rien mais il n'a aucun doute non plus : c'est la fin et il ne sait même pas de quoi.

Après

Ainsi, Haru Ueno était né et mourrait en regardant un iris. Désormais, il le savait : pour être présent aux choses, il lui fallait naître ou mourir et cela, chaque fois, aurait lieu au jardin.

Le Daitoku-ji zen de sa jeunesse offrait une profusion de beauté à laquelle il ne connaissait pas d'équivalent. Dans ces eaux hors du temps se côtoyaient des bambous, des camélias, des érables, des lanternes, du sable et des bâtiments de bois sculptés comme des dentelles, semés de lacis secrets et de recoins délicieux. À Shinnyo-dō, à l'inverse, le temple était sombre et massif, avec des airs de refuge de tempête. Par la même économie, le jardin privé du moine principal ne comportait que trois pierres, un pin, une bande de sable gris et une lanterne enracinée dans la mousse mais, selon une ancienne tradition, la scène guidait l'œil vers le paysage plus vaste des montagnes de l'Est. J'ai tant aimé ces noces du clos et de l'ouvert, pensa Haru, et pourtant je ne désire plus que ces trois pierres et ce sable ratissé de vagues. Il repensa à l'une des histoires préférées de Keisuke : dans la Chine ancienne, l'empereur remercie un conseiller avisé en le priant de choisir un présent parmi l'infinité de ses richesses – or le sage ne demande qu'un bol de riz et une tasse de thé, pour quoi on lui tranche la tête au motif de son impertinence. Chaque fois qu'il la disait, Keisuke riait et, aujourd'hui, Haru pensait : Il me contait cette histoire pour le jour de ma mort. Je tiens le monde entre mes mains et je choisis un iris et une rose. Pour prix de ce trésor, tout à l'heure, on me tranchera la tête. Derrière lui, une porte coulissa et il ferma les yeux. Keisuke te fait porter ceci, dit la voix de Paul. Seul de nouveau, Haru rouvrit les yeux et vit, posé devant lui, un bol noir. Il pensa : Bien sûr, tout s'est noué et dénoué chez Tomoo.

De fait, depuis la première aube, Haru l'avait compris : Shinnyo-dō était une terre de pèlerinage, Tomoo en était le gardien et Keisuke le passeur. Les moines croient que seuls les morts traversent le dernier fleuve mais Haru était convaincu que le potier l'avait sillonné de son vivant et que le lieu où il coulait était Shinnyo-dō. Un jour, lui aussi le franchirait dans la barque de l'amitié et peut-être verrait-il à son tour le monde selon le potier. Bien qu'il ne frayât pas avec la mort, il s'était toujours trouvé chez lui sur la colline puisqu'il croyait au thé, à la vérité du fleuve et à l'invisible devenu visible. À présent, cinq décennies après sa rencontre avec le bol de Keisuke chez Tomoo, il le voyait vraiment pour la première fois. Le bol s'effaçait mais ne disparaissait pas, il était mat, simple, nu, Haru le contemplait et, bientôt, sa forme s'évanouissait, il ne subsistait d'elle qu'une empreinte sans substance ni contours, il en naissait une quiétude profonde et il pensait : Enfin, je perce le brouillard.

Après une semaine, la Française était revenue de Tōkyō, il l'avait revue chez Tomoo, elle avait eu pour lui un visage hostile, il s'était détourné d'elle. Il ne la désirait plus, lui trouvait une froideur de reptile, attendait qu'elle parte et que reprenne le cours de sa vie. Keisuke ne se montrait pas, il s'en fut avant la fin de la soirée, rentra, prit un bain, lut un peu et se coucha. Il ne craignait pas de souffrir quoiqu'il sût que demeurerait quelque part – en lui, en elle – un vestige de ces dix étranges nuits. Mais avec le temps, un temps exquis de femmes et de pas dans la neige, il se mit à éprouver une inquiétude légère. Il sentait la trace de Maud l'effleurer en un point aveugle enclavé à l'intérieur de lui-même. S'il songeait à ses dix jours avec elle, il était incapable de se les *représenter*, tout se tenait dans un angle mort et il était à la fois aveugle et conscient de sa cécité. Alors qu'il croyait se connaître, il ne se percevait plus et, à mesure qu'il continuait sa vie d'avant (et, insidieusement, doutait qu'elle pût redevenir telle), son inquiétude croissait. Quand il faisait l'amour – quand il renouait avec la joie de faire l'amour à une femme – il ne pensait pas à Maud mais il avait de lui-même une appréhension nouvelle, comme si un décalage infime avait brouillé la carte milli- métrée de son être. Plus encore, à l'inquiétude ini- tiale avait succédé un sentiment diffus de menace.

À la soirée chez Tomoo, la dernière avant que la Française ne quitte le Japon, il avait croisé une An- glaise. Il avait déjà rencontré son mari, un promoteur immobilier de Tōkyō qui venait d'installer sa femme et son fils à Kyōto. Il n'aimait pas l'homme et n'estimait pas non plus le marchand qui ne se préoccupait que d'argent. Dans le Système Haru, l'argent servait à accomplir la voie de l'art, à acquérir du saké et à bâtir des cages de verre pour érables, et Beth, la femme du promoteur, était faite d'un bois similaire au sien. On les présenta, ils parlèrent quelques instants de choses anodines, il sut qu'il coucherait avec elle et qu'ils seraient grands amis. C'était une femme dure mais cette dureté était d'une sorte qui ne pouvait le blesser car elle demandait aux autres de savoir où ils habitaient, en eux-mêmes et dans le monde, en l'absence de quoi elle passait sa route. Comme Haru, elle méprisait l'argent, comme lui, elle aimait gouverner et bâtir bien que, à cette époque, elle fût exclue des rênes de l'entreprise conjugale dont, à la mort de son mari, elle ferait un empire. Après l'amour, Haru aimait la voir assise devant lui, nue, blonde, anguleuse, buvant une tasse de thé tandis qu'ils s'entretenaient de leurs affaires respectives. Il savait qu'elle avait d'autres amants, que son mari ne s'en souciait pas, qu'elle vivait dans une licence inconcevable, le tout dans un pays d'hommes et de femmes inaccoutumés à la liberté des femmes. Enfin, elle avait un fils de dix ans, William, le seul être qu'elle aimerait jamais et celui que, par sa faute, elle perdrait. Quand elle parlait de lui, sa peau se nacrait, ses yeux fonçaient, elle était belle à se damner, illuminée par les transports de l'amour. Le destin aime à nous laisser exsangues de ce qui nous a tenus debout et, pour ceux qui le regardent sans ciller, à décupler la force de son châtiment. En ce 20 mai 2019, quatre décennies plus tard, Haru voyait

Beth et Maud baignées d'une clarté nouvelle et pensait : Ainsi s'assemble le puzzle, je croyais aimer leur dureté mais je voyais leur étrangeté – leur étrangeté, leur solitude, leurs blessures et les miennes.

En ce soir du printemps 1979, Haru et Beth deviennent amants et, lorsqu'il embrasse ces lèvres d'Occidentale, lorsqu'il se fond dans ce corps d'Occidentale, il sent que Maud, enfin, se retire de lui. Alors, puisque le destin accroît toujours son ire pour ceux qui le regardent sans ciller, il revient frapper à la porte de la maison de la Kamo-gawa.

Celle qui lui ouvre s'appelle Sayoko. Quant au messager du destin, il a toutes les apparences d'un quadragénaire impeccablement mis, posté sous un parapluie transparent, un objet enveloppé de soie sous le bras. Il s'appelle Jacques Melland, il exerce à Paris comme antiquaire spécialisé en art asiatique et il se connaît deux passions, les chats siamois et Kyōto. Accessoirement, il a une femme, trois fils et de la difficulté à comprendre pourquoi la vie fait naître les humains dans le mauvais corps et au mauvais endroit. Quand, la veille, il l'a rencontré chez Tomoo Hasegawa, il a su : c'est Haru Ueno qu'il aurait voulu être. À présent qu'il découvre sa demeure, le regret se mue en douleur.

Sayoko le regarde, il se racle la gorge. Les Japonaises en kimono l'impressionnent, il n'est jamais sûr d'être à la hauteur de leur clan singulier. De surcroît, il ne sait pas si elle est la femme, la sœur, la maîtresse ou la gouvernante de Haru. La veille, le marchand lui a seulement dit de passer avant l'heure du dîner, Jacques Melland s'est pomponné comme pour un rendez-vous galant et, maintenant, il a oublié pourquoi il est là – il a même oublié qu'il parle

japonais et il s'entend demander d'une voix aux in-
tonations brisées :

— Melland san ?

Il hoche la tête et la Japonaise ajoute :

— Ueno san wait for you inside.

Dans le vestibule, il y a un grand vase aux flancs
sombres d'où s'envolent des branches de magnolia.
Dans la pièce où l'attend Haru, il y a un érable au
centre d'une cage de verre. Jacques Melland est saisi
de dégoût pour son appartement du 8ᵉ arrondissement, une longue enfilade de pièces avec un parquet
en point de Hongrie. Ce type de dégoût, à Kyōto,
le prend souvent mais, cette fois, il ne désire pas
seulement vivre dans ce lieu, il veut également devenir cet homme. Il en perd le fil du récit qu'il aime
à tenir sur lui-même – élégance, entregent et rideaux
Grand Siècle – et il pense : Je donnerais dix ans de
ma vie pour vivre celle de ce type. Ah bonjour, bonjour, lui dit le marchand en anglais en lui faisant
signe de le rejoindre à la table basse où il est assis.
La Japonaise reste là un instant, les mains croisées
sur son obi orange, avant de s'éclipser à petits pas
feutrés. Elle revient avec, sur un plateau, un service
à saké orné de fleurs de cerisier. Le liquide que Haru
lui verse est blanchâtre, légèrement pétillant, un
peu trouble.

— Il vient de Takayama, dit le Japonais, mon père
et mon frère y ont un petit commerce.

— Comment avez-vous fait fortune ? demande
Jacques et l'autre rit.

— J'ai trouvé ma maison, répond-il.

Jacques regarde autour de lui.

— Non, non, dit Haru, pas celle-ci mais si vous
avez le temps demain, je vous y emmène.

Le Français répond qu'il a le temps, se rappelle pourquoi il est venu et pose sur la table la forme enveloppée de soie qu'il transporte depuis son hôtel. Il sait que le Japonais ne l'ouvrira pas devant lui alors il dit :

— J'en emporte toujours une avec moi et je l'offre à qui m'ouvre une porte.

— Pas celle de la fortune j'imagine, dit Haru.

— Non, répond Jacques, une porte invisible.

Ils boivent encore un moment en silence puis Jacques se lève et Haru lui dit :

— Je passe vous prendre demain à votre hôtel à trois heures et demie.

Le lendemain, à trois heures et demie, Jacques Melland attend devant les portes de son hôtel. Il a sorti la lavallière rouge à pois blancs des grands jours et il se sait au seuil d'épousailles secrètes. Dans le taxi, Haru lui raconte une histoire de renard dont il se souviendra un jour – celui de sa mort – mais, pour l'heure, il l'écoute sans en entendre la raison. Enfin, la voiture s'arrête devant une allée qui mène à un grand porche rouge. Quelques pétales de cerisier volettent dans la brise tiède de mai, Melland peut voir, au-delà du porche, des escaliers de pierre encadrés de lanternes et d'érables qui grimpent vers un temple trapu. Sur la droite, une pagode de bois, devant le temple, une vaste cour, tout autour, des bâtiments annexes. Il n'y a personne et si Jacques Melland, ses lavallières en soie, ses peignoirs en cachemire et ses dîners au Club avaient encore un doute, il vient d'être balayé car, ici, il y a pléthore de portes invisibles. Le Français suit le Japonais jusqu'à l'entrée du temple et, tout à ses séismes intérieurs, n'écoute rien. Avec un émerveillement mêlé de révérence, il foule des seuils inconnus et sent une présence derrière lui mais, quand il se retourne, il ne voit âme qui vive. Il se demande comment il a manqué cet endroit alors qu'il va souvent en face, au Pavillon d'argent, et qu'il fréquente le sanctuaire de Yoshida, à deux pas d'ici à peine. Hélas, il connaît la réponse : il n'est pas Haru Ueno, il n'est pas japonais, il n'est que ce pauvre Jacques Melland. Le marchand l'invite à contourner le temple et ils se retrouvent sous la plus belle voûte d'érables de la galaxie, les frondaisons ployées en un arc infiniment délié. Il en a le cœur broyé et, perdu dans son heureux supplice, il n'entend pas ce que l'autre lui demande. Pardon ? murmure-t-il, le Japonais réitère sa question – alors cette porte invisible ? – et, sans attendre la réponse, s'engage sur la droite dans un sentier de pierre et de sable qui chemine entre des cimetières.

Quelque part dans le lointain, un gong sonne quatre fois. Quelque part, encore, loin en avant dans les territoires intimes de Jacques Melland, se fait une jonction, et la réalité, celle dans laquelle il marche entre des tombes et des lanternes de pierre, change de *matière*. Partout oscillent dans la brise de minces tiges de bois ornées d'inscriptions où il croit lire le texte de son intronisation. Après une courte déambulation, ils arrivent au bout de l'allée et se trouvent en haut d'un grand escalier qui fend le cimetière vers d'autres temples déposés au creux de la colline. Derrière eux, il y a une pagode de bois, en contrebas, Kyōto étalée dans sa cuvette, au-delà, les montagnes de l'Ouest. Le temps se poudre, une poussière légère, versée sur les voies du monde, en transfigure les heures et, entre naissance et mort, Jacques Melland musarde sur le trajet de la vie.

En haut de l'escalier, ils s'immobilisent et contemplent la cité.

— Rilke, répond Melland à la question que Haru lui a posée dix minutes plus tôt.

Le Japonais le regarde.

— Hier, chez Tomoo Hasegawa, dit Melland, nous admirions les montagnes recouvertes du vert tendre de mai et j'ai dit : C'est beau mais la plus belle saison est l'automne. Alors vous avez cité Rilke : Les feuilles tombent, tombent comme de loin / De jardins qui se fanent au fond des cieux.

— Ah, dit Haru, je tiens ces vers de mon ami Keisuke, c'est un fanatique de Rilke.

— Mais c'est tout à fait ça, dit Jacques, c'est tout à fait le Japon : un ciel au fond duquel se fanent des jardins.

Haru lui sourit.

— Des jardins pour dieux, ajoute Jacques, vous ne pouvez imaginer combien il m'importe d'avoir ouvert cette porte.

— Oh, croyez-moi, je le peux, répond Haru, je sais ce que c'est que la vie d'un homme.

Ils se taisent un instant puis Jacques demande :

— Quel était ce gong ?

— Celui du Hōnen-in, répond Haru, les moines le font sonner chaque jour à la fermeture.

— Le petit temple au sud du Pavillon d'argent ? demande Jacques.

Haru hoche la tête, montre de la main une direction.

— Nous sommes à Kurodani, le nom familier du temple de Konkaikōmyō-ji, Tochan habite sur le flanc est de Shinnyo-dō, à deux minutes d'ici, le Pavillon d'argent est un peu plus loin, à vingt minutes à pied.

De part et d'autre des marches, il y a des allées mêlées de sépultures et de bambous célestes. Melland sait que rien n'a lieu au hasard et que toute sa vie, désormais, tient aux instants contenus dans l'intervalle qui sépare la maison de Tochan de cet escalier de cimetière. Il mourra vieux, peut-être, et il a déjà bien vécu, mais le cœur de son existence se déploie ici et maintenant, en une seule fois et pour l'éternité. Il inspire profondément, renaissant et en deuil, heureux et désespéré à en pleurer – voilà, pense-t-il, une vie se résume à deux jours et quelques centaines de pas. Le Japonais ne dit rien mais Melland, éperdu d'amour pour ce passeur qui vient de faire de lui un pèlerin, veut honorer le destin qui l'a placé sur sa route.

— C'est une amie qui m'a dit d'aller chez Tomoo et, grâce à elle, je vous ai rencontré, Maud Arden, vous la connaissez ?

— Ah, Maud, dit Haru d'un ton léger, comment va-t-elle ?

— Oh, dit Jacques, je ne sais pas, c'est difficile de savoir avec elle.

Il pense à autre chose puis, sans raison, il repense à Maud.

— En tout cas, ajoute-t-il, elle est enceinte.

Il y a un silence que Melland ne remarque pas mais Haru a complètement oublié la présence du Français. La seconde d'avant il se prenait d'affection pour ce négociant devenu homme de foi, maintenant il pense que sa tombe sera là où il a appris l'existence de sa fille. Il n'a aucun doute que l'enfant est de lui et aucun doute non plus que ce sera une fille. En une fois, il se découvre père désirant l'être – père sans famille d'une enfant étrangère – et il en est bouleversé en même temps qu'il l'accueille. Il ne sait pas s'il ne s'appartient plus ou s'il ne s'est jamais autant appartenu. Quelqu'un vient de tourner un interrupteur et une pièce ignorée de sa propre maison s'est illuminée. Il est à la fois perdu et éperdu et il pense : Maud n'était pas une fin mais un commencement. Le sentiment de connivence – mais avec quoi ? – est si fort que sa vie entière s'y enroule. Au fond des cieux, avec la même clarté effrayante, il voit les nuages s'amasser. Il prévoit de donner de l'argent au temple, rédige mentalement une lettre pour Maud, métabolise la translation vertigineuse de ses biens vers un être encore à venir et la cristallisation de sa vie en trois mots gravés dans la pierre de Kurodani. Il ne ressent ni colère ni incertitude et il pense : Ce fil ne peut se briser. Il écoute distraitement le Français tandis qu'ils reprennent leur promenade entre les bâtiments du complexe et songe qu'ils sont deux hommes frappés par la révélation traçant leur voie dans les allées de l'esprit.

— Comment s'appelle votre fils préféré ? demande-t-il.

— Bien sûr, je n'ai pas de fils préféré, répond Jacques, mais il s'appelle Édouard. Les deux autres sont des brutes. Je crois qu'il sera gay et qu'il reprendra la boutique.

Ensuite, ils parlent nonchalamment, savent que le moment est passé, qu'ils se reverront et n'auront rien de plus à se dire. Haru dépose Jacques à son hôtel, rentre dans la maison de la Kamo-gawa et appelle Manabu Umebayashi, un Japonais établi à Paris où il fréquente tout le monde culturel. Il lui demande l'adresse d'une certaine Maud Arden et, le lendemain, il poste une lettre qui dit : Si l'enfant est de moi, je suis là. Quelques semaines s'étirent dans la brume et, enfin, Haru reçoit une réponse : L'enfant est de toi. Si tu cherches à me voir ou à le voir, je me tue. Pardonne-moi.

Après un long temps de sidération et d'effroi, tenu par le même fil invisible qui l'avait convaincu d'écrire à Maud, Haru fit la chose au monde qu'il savait le mieux faire : il s'organisa. Pour cela, après avoir briè- vement tergiversé, il mit dans la confidence l'autre maître de l'organisation de la maison. Sayoko avait ouvert au messager du destin, elle en serait l'unique témoin et il lui apprit qu'il serait bientôt le père d'une enfant française qu'on ne lui permettrait pas de voir. Pas pour l'instant, en tout cas, précisa-t-il et il ajouta : Je vous le dis parce qu'il va y avoir des pho- tos. Elle opina du chef, alla à la table basse près de l'arbre et dévoua l'heure suivante à tenir ses comptes. Enfin, elle se leva et apporta une tasse de thé à Haru. Ce sera une fille ? demanda-t-elle. Il acquiesça, elle repartit.

Six mois plus tôt, des aspirantes gouvernantes avaient défilé dans la pièce de l'érable mais Sayoko, seule, se détachait sur le fond de l'arbre avec la net- teté d'une ramure singulière. Haru la regardait qui regardait la cage de verre et le pèlerin reconnais- sait en elle tous les signes. Son foyer se trouvait là où elle avait son mari et son fils mais le lieu où elle avait vécu et vivrait sa vraie vie était la maison de la Kamo-gawa. Au demeurant, elle avait toutes les compétences requises pour la fonction, celles qui ordonnent le visible et celles qui apprivoisent l'invisible. Plus encore, elle adorait Keisuke, lequel faisait partie des meubles quand il cuvait son saké sur le sofa de la grande pièce. Selon sa classification hétérodoxe des divinités du shintoïsme et du bouddhisme, elle était persuadée qu'il était un genre de héros acclamé des deux religions, ce dont ni l'haleine de furet ni les ronflements accablants du potier ne parvenaient à la faire démordre : puisque Keisuke voyait ce que les autres ne voyaient pas, il était fondé à boire pour trouver son chemin dans la vie ordinaire. De même, il lui fallait un sanctuaire où vivre son art et son deuil, et ce sanctuaire était la maison face aux montagnes devant la rivière. Cela, Sayoko, ses kimonos, sa placidité et son génie de l'intendance le savaient d'instinct, pour quoi elle aimait Haru mais vénérait Keisuke.

Les semaines suivantes, Haru mit en place le nouveau bal de sa vie. Il répondit à Maud : Je respecterai ton vœu, je ne chercherai pas à voir ma fille, ne te fais pas de mal. Par l'intermédiaire de Manabu Umebayashi, il embaucha un investigateur qui parlait anglais et un photographe, donna des instructions précises, paya largement. Dans son bureau, il fit poser des panneaux de cyprès puis attendit que le troisième fil de sa vie apparût sur la scène du monde. Sur sa table de travail, il déposa le cadeau de Melland, un moulage de petite statuette primitive couleur ivoire qui, renseignements pris, représentait une déesse de la fécondité – et ainsi du destin, pensa-t-il. L'été fut plus chaud encore qu'à l'accoutumée et il en aima la brûlure moite alors que, par l'effet d'un mécanisme insondable, son dédain de la paternité s'était mué en espérance. Quelque chose en lui voulait cette enfant née du désastre et une certitude exquise s'ancrait même en lui : elle viendrait un jour sur sa colline et, à son tour, s'y découvrirait en pèlerinage.

Dans le prolongement de jours estivaux consacrés à l'attente, aux femmes, au saké et à l'art parut un automne particulièrement clément. Sur les montagnes, les arbres coulaient comme des incendies. Au fond des cieux se fanaient des brassées de fleurs pourpres. Dans le rougeoiement des érables battait le cœur de l'ancien Japon. À mesure qu'approchait la naissance de cette enfant étrangère, Haru se persuada que fleurissait en lui un amour renouvelé pour sa terre natale. Le 20 octobre, il était chez lui en compagnie de Keisuke à siroter du saké.

— J'aime de plus en plus le Japon, déclara-t-il et Keisuke s'esclaffa.

— Tu es un étranger ici, dit-il, c'est pour ça que tu couches avec des Occidentales.

— Je suis aussi japonais que toi, rétorqua Haru, surpris.

Keisuke ne dit rien.

— J'appartiens à Shinnyo-dō, protesta encore Haru.

— Tu es un pèlerin, dit le potier, en errance dans ta propre vie. Tu as peut-être trouvé ta maison mais, au commencement, tu es un fils des montagnes qui s'arrache le cœur et s'exile. Or, pour fuir la règle, tu fuis la vérité.

— La vérité ?

Keisuke rigola.

— La vérité : l'amour.

Haru s'apprêtait à répondre mais le téléphone sonna et il alla prendre l'appel du nouveau messager du destin. Quand il revint, Keisuke lui récita deux vers du poème de Rilke dont lui-même avait dit les premiers à Melland :

— Et lors des nuits la lourde terre tombe / D'entre les astres et vers la solitude. Même Rilke comprend ton pays mieux que toi.

Mais Haru s'en fichait. Il se fichait de la terre du Japon, de l'exil, des astres et de la solitude. Il se fichait de tout ce qui, jusque-là, avait eu un sens pour lui. Il attendit que Keisuke s'en aille et, quand Sayoko vint prendre le service à saké, lui dit :

— Elle s'appelle Rose.

Il le prononça à l'anglaise, la langue qu'il lui apprenait pour les réceptions avec des Occidentaux.

— Rose ? répéta Sayoko en le prononçant à la japonaise.

Il acquiesça, elle n'ajouta rien et retourna dans ses quartiers. Plus tard, il prit un bain, lut un peu, éteignit la lumière et s'endormit dans un sentiment de grâce.

Il s'éveilla au milieu de la nuit et, avec la même évidence qui lui avait montré les nuages amassés au-dessus de sa vallée, il s'effraya de l'avenir – de la solitude et de la terre lourde –, repensa sans raison au renard et à sa dame recluse, se leva et alla à la cage de l'érable. L'arbre murmurait faiblement et, après un temps de désarroi, il en comprit le message. Comme toujours, il n'entendait pas les étoiles.

Comme chaque fois, cette femme l'avait aveuglé. Elle jetait sur les choses une lumière violente qui, paradoxalement, empêchait qu'il vît et, alors, il se leurrait lui-même, se racontait une histoire absurde où il avait contrôle sur les choses, imaginait un avenir qui n'avait aucune existence possible. Pourtant, à la fin, tout était transparent. Sa fille était née et il ne la connaîtrait pas. Elle était venue d'entre les astres et le vouait à la solitude.

Aussi, puisqu'il ne pouvait changer le destin, Haru Ueno se changea lui-même et, de cette nuit-là, naquirent des métamorphoses en série.

Tout d'abord, il apprit. Il connut où et avec qui vivait Maud, retraça son histoire, sa cartographie sociale, ses constellations amicales. En quelques semaines, il fit compiler sur elle une bonne somme d'informations. Toutefois, il n'apprenait pas pour apprendre mais pour que son désir de rencontrer sa fille pût trouver la lumière. Ce désir ne pouvait rester en son sein. Il pesait sur sa poitrine du réveil au coucher. Il altérait sa connivence avec l'existence. Il le séparait du monde par un écran invisible. Haru faisait face à ses montagnes et ne ressentait que le souvenir d'un ravissement enfui. Il naviguait entre un point aveugle, à l'intérieur de lui, et un territoire lointain, où se trouvait la clé de son être. Peu à peu s'érodait la certitude qu'il avait de se connaître. Pire encore, le seul moment où il renaissait, sur la boucle de Shinnyo-dō, laissait place, dans la maison de la Kamo-gawa, à un sentiment de solitude redoublé.

Bientôt, gorgé d'informations à ne plus savoir qu'en faire, il se trouva comme un serpent à devoir digérer, jeûner puis muer. Il rumina le repas qu'on lui avait servi, lut et relut les rapports, scruta les clichés, tourmenté par la sensation de les regarder sans les voir. Il y avait ce qu'ils disaient et ce qu'ils ne disaient pas. Ils disaient : Maud Arden, vingt-huit ans, célibataire, partageait son temps entre Paris, où elle travaillait, et la vallée de la Vienne, en Touraine, où vivait sa mère, Paule Arden, une veuve. Sur l'une des images au téléobjectif, on voyait la configuration de la propriété. Bâtie en hauteur, elle surplombait la rivière et faisait face aux collines qui moutonnaient sur la rive opposée. Au centre du jardin s'élevait une grande maison de proportions harmonieuses avec une véranda en fer forgé et de hautes fenêtres. Haru trouva belles la clarté de la pierre et la vue sur la vallée où serpentait l'insaisissable, beaux, aussi, les arbres majestueux de la propriété. Un jour où il n'y avait personne, le photographe était entré et avait pris quantité de clichés. Dans ce parc sans eau, tout avait une mélodie de ruisseau et, de cela, Haru croyait voir en Paule une alliée. Elle semblait marcher à pas amples, s'arrêter, lever pensivement le nez vers les nuages et il y avait à ses gestes figés par la photographie une fluidité en laquelle il reconnaissait la présence mouvante de l'esprit. Grande, brune, droite, elle paraissait l'antithèse de son domaine, un entrelacs de grimpantes et de roses anciennes où l'on plongeait comme dans une mare secrète. Pour incompréhensible que lui fût son monde, Haru imaginait que, dans son jardin, elle devenait liquide, qu'elle aimait la pluie, que les mousses de Kyōto lui plairaient, et il devina – ou voulut croire – que Rose lui devait son prénom de fleur. Bien sûr, au début, cette effraction dans l'existence d'une inconnue lui parut coupable, et son impatience à recevoir les rapports, et les longues heures qu'il mettait à les compulser. Autour de lui, dans son bureau, se déposait un calme étrange, la matière de l'air changeait : son œil transperçait l'espace et dévoilait, à dix mille kilomètres de distance, une autre vie – une vie résolument autre. Peu à peu, néanmoins, s'éprenant de cette femme élégante, il se sentait moins fautif et, chaque jour, lui adressait une prière muette où il mettait toute sa déférence mais aussi toute sa gratitude.

Car auprès d'elle grandissait sa fille. Il connut Rose au jardin, dans un couffin, dans un landau et, le printemps venant, dans un petit parc sur l'herbe où, pour la première fois, il la découvrit vraiment, rousse, pâle, menue, tandis que, penchée sur elle, souriait la grande femme brune. Très jeune, Paule Arden avait perdu son mari mais, fortunée de naissance, n'avait eu ni à travailler ni à se remarier. Elle comptait quelques amis dans la bourgade voisine, cueillait ses roses dans l'amitié des vents, des pluies et des souvenirs, passait l'essentiel de ses journées au-dehors. Haru ne voyait pas meilleure tutrice pour sa fille que cette étoile rêveuse accoutumée à la tristesse et aux fleurs. Il les regardait qui riaient ensemble et il se disait : Ce lien ne peut se briser. Sur le père de Maud, en revanche, il avait peu de lumières, il semblait qu'il fût mort précocement sans laisser dans le monde de trace visible aux yeux des vivants et si, à l'intérieur de la maison, il y avait de lui reliques et portraits, Haru n'y avait pas accès. Pour une raison mystérieuse, il pressentait que le destin de sa fille appartenait aux femmes sans songer que cette intuition l'excluait lui aussi, qu'elle grandissait sans père comme, avant elle, sa mère, qu'il était pareillement un fantôme dont ne figurait nulle part de portrait. Au demeurant, pourquoi eût-il pensé être défaillant puisqu'il se savait parfaitement vivant et présent ?

Dans les premiers temps, il digéra son repas, examinant les photos de Rose, rousse, rieuse, adorable, allongée dans l'herbe, le front offert aux cieux. Il ne se lassait pas de la contempler et, se sentant assez de ressources pour jeûner, se donna une année de patience. Il ne doutait plus qu'il parviendrait à ses fins et continuait de mener sa vie à la manière des amants clandestins, dans la perspective des retrouvailles secrètes. Sayoko entrait dans le bureau, déposait le thé ou le saké, passait devant les tirages épinglés sur les panneaux de cyprès, repartait sans un mot. Lorsque Keisuke venait, Haru le recevait dans la pièce de l'érable, à distance de son bureau devenu un sanctuaire qui reliait Kyōto à une poignée de collines lointaines. Il lut abondance d'ouvrages sur la France, se documenta avec soin mais ne voulut pas apprendre le français : à sa fille, naturellement, il parlerait japonais. Enfin, il médita longuement les moyens d'aborder Maud et résolut d'écrire à Paule quand Rose fêterait sa première année.

Il ne le fit pas. Il y avait ce que les rapports disaient et ce qu'ils ne disaient pas. Or, ce qu'ils ne disaient pas, Haru le voyait. Chaque week-end, Maud se rendait en train chez sa mère et quelques clichés la montraient au jardin, fumant une cigarette, le dos tourné au petit parc sur l'herbe. Le matin du premier anniversaire de Rose, alors que Haru lisait dans son bureau, Sayoko vint lui porter l'enveloppe trimestrielle de France. Elle contenait des photographies d'un camion en bas de l'immeuble parisien de Maud puis devant la maison de Paule avec pour légende ces deux mots : Elle déménage.

Haru leva les yeux vers ses montagnes. Sur les clichés, les cieux de la Touraine étaient immenses, fléchis en un vaste couvercle au-dessus de la terre verte. Il pensa qu'à Kyōto, il n'y avait pas de voûte, pas d'infini, seulement des brumes qui montaient dans le soir le long des versants. Les feuilles des cerisiers et des érables, sur les berges de la Kamo-gawa, commençaient à rougir, en silence défilaient des coureurs matinaux, l'espace et le temps se défaisaient, la vie de Haru se scindait. Une photo montrait Maud les bras croisés devant la véranda mais en réalité ne montrait personne. Un souvenir de son enfance lui revint, une pièce de nō au sanctuaire voisin, hantée de spectres et de femmes égarées sur fond de paravents et de pins de montagne. Il s'en souvenait comme d'un songe qu'aucune représentation, au théâtre, n'avait pu effacer ensuite, un rêve ténébreux qui demeurait en lui et baignait ses années. Maud emménageait chez sa mère de la façon dont on prend le voile, en renonçant au monde, avec un regard de fantôme, et il ne doutait pas qu'elle se tuerait s'il entrait de nouveau dans sa vie. Ironie du sort, jamais ses affaires n'avaient été aussi florissantes et il était accablé par la pensée qu'il réussissait à proportion du désarroi de son cœur, qu'il n'était un grand marchand que parce qu'il échouait à devenir un père. La vie qui, jusque-là, n'avait recelé que des promesses de conquête, se présentait sous un angle nouveau : on l'avait déchirée comme un papier de soie et quelqu'un – cette femme – en maintenait les fragments séparés. La tragédie n'appartenait plus au monde, elle s'était infiltrée en lui-même et il était condamné à jeûner. Alors, puisqu'il ne voulait pas accepter l'équation du destin mais ne pouvait la résoudre du dehors, il mua.

Il mua avec la détermination qu'il mettait en toute chose et, pour cela, revenant à son cœur arraché aux montagnes, ne regarda pas vers l'avenir mais vers le passé. Il alla à Takayama.

En ville, il rendit visite à son père et à son frère, trouva le premier fatigué et le second soucieux. Ils burent du saké et échangèrent des nouvelles succinctes. Quand Haru prit congé, Naoya le suivit au-dehors et, tournant le dos à la boutique, lui dit : Il perd la tête, tu sais. Haru remonta la rue des commerces de saké, une trouée de l'espace-temps qui menait aux mânes de l'ancien Japon. Il pensait : Kyōto en est le poumon, Takayama le cœur, un cœur simple et fervent, ancré dans ces maisons sans âge qui dérivent sur la vague du temps. Il prit la route de la maison familiale, à un quart d'heure en voiture du centre de la cité. Dans sa jeunesse, son père descendait chaque matin à pied de la montagne. Parfois, il restait dormir en ville, au-dessus du magasin. Sinon, il marchait sous la lune dans la nuit glacée et suivait le torrent jusqu'à la maison sur la rive. Au milieu du gué était posée une grande pierre dont les eaux, en hiver, ne laissaient voir que la calotte givrée. Haru avait grandi en voyant la neige tomber et fondre sur cette roche, en avait conçu son amour de la matière et son intelligence des formes. Souvent, il pensait qu'il avait moins reçu de son père que de sa rivière ou plutôt qu'il avait appris des siens – mais à leur insu – ce qu'il ne voulait pas. On trimait, on mangeait, on dormait, on recommençait. Le labeur ne cédait pas la place à la contemplation mais à l'absence de labeur. Il n'y avait de temps que pour une matière brute dont personne ne percevait la figure cachée. À l'inverse, le cours d'eau devant la maison disait : Le monde ne demande qu'à exhaler ses formes. Travaille dur pour ouvrir des portes invisibles.

À proportion de l'éloignement de son enfant étrangère, Haru cherchait dans sa propre culture des racines nouvelles. La plus grande des portes invisibles, celle qui menait aux autres, portait le nom du thé. Haru voulait bien marcher sans relâche à condition que ce fût sur des pavés arrosés d'eau pure. L'existence devait être un chemin parcouru d'ondées et surmonté de transparence mouvante. Dans la fraîcheur et sous les éclats de lumière ondoyait un territoire où l'on adorait la beauté et croyait en l'esprit. Or, à Takayama, il savait où et avec qui franchir cette porte. Il longea la rivière, s'engagea dans une piste sous les arbres, se gara sur le côté et continua à pied. On entendait le torrent et le murmure du vent dans les pins, les rais de soleil, au travers des branches, avaient un tremblé de vitrail. La cabane apparut, le toit de chaume, la galerie de bois, le potager en bordure de courant et, planant au-dessus du tout, une atmosphère de solitude et de force. C'était novembre et, sur l'autre rive, les feuilles d'un jeune érable prenaient leur envol, rouges et légères, neuves et déjà mourantes. Il n'y avait personne, Haru alla à la rivière, s'assit sur la galerie en surplomb des plants de courge et des feuilles de shiso, s'absorba dans la course des rapides. Un bruit le tira de son songe et Jirō, sortant du bois, le rejoignit sous l'auvent et lui fit signe d'entrer. En ville, le vieil homme avait une boutique d'antiquités où se côtoyaient pouilleries et trésors. Sur sa montagne, il gouvernait un royaume de dénuement et de grâce. Dans la pièce principale, il fit asseoir son hôte et lui prépara le thé. À Kyōto, Haru avait participé à maints services et vécu maintes extases et maintes déceptions. Parfois, la magie se faisait, d'autres fois, dans des atmosphères froides et formelles, il lui fallait s'ennuyer avec politesse. Mais, toujours, on y célébrait la civilisation du thé, on se baignait dans le fleuve où avaient passé les maîtres anciens, on entendait la leçon de la sobriété élégante et de l'humilité raffinée. Jirō, à l'inverse, officiait dans le chaos d'une hutte encombrée de livres, d'objets et d'ustensiles divers. Il n'y avait pas de rouleaux aux murs ni de fleurs dans l'alcôve. Dans l'entrée s'entassaient des caisses de bière. Les tatamis étaient vieux, un peu mités. On entrevoyait à côté, par la porte coulissante, une cuisine en désordre. Bien que le lieu fût propre, tout y était à l'envers.

Cependant, l'esprit y parlait à l'esprit. Une bouilloire en fonte, posée sur un support émaillé, chuchotait au-dessus d'un petit brasier de charbon. Autour de Jirō, sans ordre véritable, étaient disposés les instruments du thé et un récipient d'eau fraîche tandis que, assis en tailleur, il fouettait la poudre verte en riant. Que veux-tu d'autre qu'une eau de montagne et un peu de fantaisie ? avait-il dit un jour à Haru. Je n'entends pas ces services coûteux administrés avec une tête d'enterrement. De fait si, de la cérémonie, de ses codes et de ses rituels, il ne gardait presque rien, chez lui la voie du thé scintillait. Elle scintillait dans l'impeccable propreté des ustensiles, dans la pureté de l'eau, dans l'ombre chatoyante des arbres. Elle scintillait dans l'intention et la modestie du décor, dans les gestes précis d'un homme au cœur chaleureux. C'était un scintillement mat, sans éclat, une camaraderie – les œuvres de thé vivaient et vous attiraient à elles par des liens d'amitié. Le monde au-dehors frémissait, la chambre se faisait présence, ici et maintenant étincelaient et deux amis vivaient pour une heure côte à côte hors du temps.

Haru but le premier thé épais, une pâte amère au goût de légume et de forêt.

— Que fais-tu en ville ? demanda le vieil homme.

— Je suis venu voir mon père.

— Oh, dit Jirō, certainement pas.

Il reprit le bol de Haru, y ajouta de l'eau, fit mousser le résidu de pâte accroché aux parois.

— Comment vont les affaires ? demanda-t-il encore.

— Très bien, répondit Haru.

Jirō reposa le bol devant lui, sur le tatami.

— Honteusement bien, même, ajouta Haru.

Le vieil homme rit.

— Nous sommes des marchands, dit-il, la honte est notre quotidien.

— Je n'ai pas honte de gagner de l'argent, dit Haru surpris.

— Je parle de celle de devoir plaire, dit Jirō.

Haru but une gorgée du second thé léger.

— Je ne cherche pas à plaire, dit-il.

— Tu le fais d'instinct mais tu le fais, dit Jirō, cela reste vulgaire.

Dans le lointain, un corbeau croassa et il parut brièvement à Haru que le torrent scindait l'existence en deux. Le soleil perçait les frondaisons et lui montrait les berges opposées de sa vie. Sur l'une, il y avait les femmes, le saké, les dîners d'affaires et les fêtes. Sur l'autre, il y avait les œuvres d'art, Keisuke et Tomoo. Au centre, dans une zone de mystère parcourue d'eau vive, énigmatique et aérienne, flottait Rose.

— Tu peux te raconter les histoires que tu veux, reprit Jirō. À la fin, tu te trouveras seul avec elles et tu verras si elles te consolent ou si elles te font souffrir.

— Je crois que je sais qui je suis, dit Haru.

— Alors que fais-tu ici ?

Haru allait répondre : Je rends visite à un vieux maître, mais une brise légère fit tinter la clochette fūrin de l'entrée. Au-dehors coulait la rivière, dans les pins fredonnait le vent, par le thé il errait dans la belle folie des choses. Une curieuse sensation se diffusa dans sa poitrine. Peut-il avoir raison ? se dit-il. Et, pour la première fois de sa vie : Pourrais-je me mentir ? Jirō s'était adossé au mur, les yeux clos. Que vient-on chercher dans le thé sinon l'invisible ? se demanda encore Haru. De nouveau lui vint la pensée que cette femme lui avait confisqué quelque chose ou, peut-être, qu'elle avait ancré en lui un territoire où il marchait en aveugle. Les deux amis restèrent là en silence et Haru reconnut la fraîcheur qui douchait à présent son esprit. Bien qu'elle fût traversée de bruissements et de lointains appels, c'était celle du vide que la voie du thé offre à ses pèlerins. La vie se dépouillait de ses ornements et, comme à Shinnyo-dō, s'offrait à lui sans parures. Il déambulait dans une vallée habitée d'étoiles et espérait que, cette fois, il saurait les écouter. Portent-elles les paroles de mes ancêtres ? De mes frères ? De mes juges ? se dit-il. Et, troublé par cette trilogie insolite, il sentit une intuition se former.

Jirō ouvrit les yeux.

— Un homme qui croit se connaître est dangereux, dit-il.

Haru se leva.

— À propos, ajouta le vieil homme, ton père ne va pas bien.

Comme Haru ne répondait rien, il ajouta :

— Tu ne veux pas la vérité ? Tu auras la désolation.

Fort de l'admonestation, résolu à écouter les étoiles, Haru commença par la piste des ancêtres : il alla chercher la vérité chez son père. Là, il trouva sa mère.

Ou plutôt il trouva le silence et la solitude et, assise parmi eux, une femme, penchée sur la table de la cuisine, qui éminçait des matsutakés. Dans la pénombre naissante, il pouvait en sentir le parfum. Il actionna l'interrupteur, elle leva sur lui des yeux étonnés puis vint le saluer joyeusement, accompagnée du silence et de la solitude qui paraissaient se mouvoir avec elle. Il eut fugacement la sensation d'une pièce familière où se rejouerait indéfiniment une scène identique – elle attendait dans l'obscurité, le dévisageait avec étonnement, venait à lui dans la joie – mais déjà elle le faisait asseoir, lui servait du thé, lui posait des questions sur sa santé, sur ses affaires, sur sa vie à Kyōto. Quand elle se tut, il désigna les champignons.

— Naoya est allé à la cueillette ce matin, dit-elle.

— Ils se vendent au prix de l'or sur le marché, fit-il remarquer.

Elle rit.

— Même les pauvres sont riches.

Avec, au visage, une expression indéchiffrable, elle ajouta :

— Je les fais à dîner, ton père et ton frère ne vont pas tarder à rentrer.

— Naoya dîne ici ? demanda-t-il, étonné.

Elle hocha la tête, ne dit rien de plus. Elle plaça dans une cocotte en fonte du riz, du saké, du mirin, de la sauce soja, du dashi et les champignons saupoudrés de sel. Elle mélangea le tout et recouvrit le récipient d'un linge blanc avec des gestes précis, enveloppés de silence. Il tourna la tête et vit par la fenêtre, dans le jour déclinant, les pins sombres découpés sur un fond d'encre diluée. Le torrent dévalait la pente de son enfance, emportait les voix de ses ancêtres, faisait naître en lui des désirs opposés d'intimité et de fuite. Alors qu'il dérivait au sein de ce ballet d'ombres parurent son père et son frère et, dans leur sillage, l'odeur de levure de la brasserie, celle de toute son enfance. Ils se lavèrent les mains et Haru trouva que son père mettait un temps inhabituellement long. À présent, sa mère avait placé la cocotte à mijoter sur le feu et servait le saké, les strates du temps se disjoignaient, chaque action et chaque parole semblaient isolées des autres, entourées d'une gangue de tristesse. La conversation décousue, la silhouette de son père devant l'évier, la fraîcheur de l'alcool échouaient à se rencontrer.

— Pourquoi viens-tu toujours au printemps ? demanda soudain son père.

— Je viens à chaque saison, répondit-il, surpris.

— Pourtant, la meilleure saison est l'automne, continua son père sans l'entendre.

Haru voulut parler mais Naoya lui fit un signe discret.

— Oui, l'automne, insista son père, la plupart des bonnes choses se font à l'automne.

Sur le visage de sa mère se figea un masque inconnu et Haru, de nouveau, pensa à la pièce de nō de son enfance, à ses spectres effrayants, à son décor de montagnes et de peur. Est-ce là la leçon de mes ancêtres ? se demanda-t-il. Un père encore jeune qui, déjà, perd la tête ? Sa mère mit la table, apporta le riz aux champignons et les servit avec une lenteur inaccoutumée. À l'extérieur, l'obscurité tombait et en même temps qu'elle une sorte de crêpe léger, insolite, qui voilait la perception de Haru. Ils mangèrent dans une nuit épaisse, éternelle, irrévocable. De temps en temps, son père hochait la tête, murmurait pour lui-même et Haru se sentait pris de ténèbres. Il pensa qu'il devait s'arracher à cette scène peuplée de fantômes mais sa mère, à cet instant, lui sourit et une histoire de Keisuke lui revint en mémoire. Un peu avant la fin de l'époque de Heian, un moine s'ouvre à sa propre mère de son rêve d'un pèlerinage en Chine. Le voyage jusqu'au mont des Cinq Terrasses, haut lieu du bouddhisme, doit durer trois ans. Elle en a quatre-vingts, ce sont les derniers soubresauts de l'ère, elle sait qu'elle ne connaîtra pas la suivante. Pourtant, elle reste muette de saisissement et le fils prend congé. Quelques mois passent, suspendus et inquiets, jusqu'à ce que, un matin, il lui annonce son départ prochain. De nouveau, la douleur empêche la vieille femme de parler, de nouveau, le fils se retire et, alors qu'elle attend l'heure des adieux, part sans être revenu la voir. Elle ne le blâme pas, se reproche de s'être tue, pleure à en perdre le souffle, écrit le journal de son affliction, y mêle des poèmes superbes. Enfin, elle désire mourir. Je ne saisis pas le propos, avait dit Haru à ce point de l'histoire. Tu ne vois pas la grandeur d'aimer un ingrat ? avait demandé Keisuke.

Haru but du saké et regarda son père. Mon goût vient-il de l'incompétence de mon cœur ? se demanda-t-il, troublé par la pensée que l'art était peut-être la part sans chair de l'amour – sa part sans fantômes et sans détresse. Une idée insidieuse, déplaisante, se frayait un chemin en lui. Cette absence de chair ne signifiait-elle pas la sécheresse de son âme ? N'avait-il réussi qu'à fuir la connivence avec les siens, avec leur souffrance et avec leur destin ? Alors le voile qui brouillait sa perception s'évanouit et il vit différemment la scène. Les ténèbres avaient laissé place à un halo où gestes et regards se fondaient dans le même espace chaleureux. La pièce sentait l'humus, la pluie, la terre froide et, dans ce parfum de sous-bois, dînait une famille. Haru posa à son frère quelques questions sur la brasserie et Naoya, d'abord réticent, lui répondit avec une bonne grâce croissante. Leur père se mêla à la conversation sans fausse note et ils sirotèrent leur saké d'après dîner en bavardant avec nonchalance. À un moment, Haru raconta qu'on avait transporté Keisuke fin saoul dans la brouette d'un chantier voisin et tous éclatèrent de rire. De nouveau, le monde s'était scindé – au-dehors, l'immensité protectrice des montagnes et des arbres, au-dedans, celle, douce, triste, profonde et inaccessible des siens. Enfin, *ailleurs*, immobiles et secrètes, veillaient les étoiles.

Haru reprit la voiture après avoir salué ses parents et son frère rassemblés sous le petit porche de l'entrée. Dans le rétroviseur, il devina plus qu'il ne vit sa mère agiter la main et il leva la sienne en retour. Vingt minutes le séparaient de l'auberge, vingt minutes qui, sentait-il, feraient son destin de père – vingt minutes, pensa-t-il, et toute la puissance du saké et du thé. Il roula devant le petit sanctuaire où il avait autrefois assisté à la pièce de nō mais ne s'effraya plus de ses souvenirs spectraux. La silhouette de son père l'accompagnait, sa solitude et son désarroi conjurés par la présence d'ancêtres bienveillants. Il le revit au temps de son enfance dans l'arrière-salle de la brasserie, buvant et devisant avec ses voisins commerçants. Autour de lui se déployait une soie dont Haru voyait les fils se tisser et se détisser au gré des années. Mais toujours la trame s'en reformait, et c'était la naissance de ses fils, l'affection des gens du pays, la force du torrent, la joie de la montagne – oui, c'était tout cela et bien plus encore, sur la carte d'un territoire où se respectaient les lieux et les êtres. Haru fit demi-tour, retourna au sanctuaire, sortit de voiture et, passant sous le portique orange, remonta l'allée jusqu'à l'autel. L'air portait une senteur de résine et d'écorce, il resta immobile, aiguisé et vigilant, flairant une présence et, bientôt, fouillant l'obscurité, il crut apercevoir sa mère marcher à petits pas déférents. Il se revit quand elle lui tenait la main, lui apprenait à apaiser les kamis du riz et du saké, riait s'il jetait la pièce à côté. Il revint au torii, repassa en dessous, s'inclina, reprit le chemin de l'autel. Il lança une pièce dans le tronc et tira la cloche : la nuit l'accueillait. Il tapa deux fois dans ses mains et attendit : le monde vibrait. Quelque part résonna la voix de Keisuke qui disait : Les hommes, les hommes, les hommes. Bien sûr, pensa Haru, il n'y a que les hommes mais il me faut aller au sanctuaire pour pouvoir les entendre et les voir. Il se remémora son père à table, murmurant à part lui. Ma fille est née à l'automne, la saison des bonnes choses ! se dit-il soudain.

Tandis qu'il reprenait la route de l'auberge et que les pins défilaient, jetés comme des lances vers la mansuétude des nuages, il se sentit étreint de tendresse et de solitude. Quel que soit le segment de son enfance qu'il se remémorât, il était baigné de douceur mais privé d'intimité – est-ce pour cela que je suis parti ? se demanda-t-il. Alors il vit le nouveau pas de sa vie s'esquisser devant lui. Sa fille était la chair de son amour pour l'art, son incarnation réelle et sa raison vitale, la rédemption de sa déception et de sa trahison premières. De son rayonnement automnal, elle illuminait son cœur hivernal et s'il devait la chérir en silence, il saurait l'endurer – même les pauvres sont riches, dit-il à voix haute et il rit.

Il fut à Kakurezato, où il avait prévenu qu'il arriverait tard, vers minuit. On l'accueillit avec chaleur, on le fit asseoir au centre de la grande salle de réception devant les braises du foyer et on lui apporta une serviette chaude, du saké et un manjū d'automne. La terre battue, la haute charpente de bois, les cloisons de papier devant les fenêtres, les calligraphies et les poteries dans les alcôves étaient tels qu'il les avait connus autrefois. Il parla un moment avec Tomoko, la fille des propriétaires de l'auberge, avec laquelle il était allé à l'école. Elle lui demanda des nouvelles de son travail et lui en donna de leurs connaissances communes. Derrière elle, au-dessus d'un bouquet de branches d'érable, était suspendu un cercle clos tracé à l'encre noire. Haru préférait les ensōs ouverts mais, ce soir, cette boucle fermée lui plaisait, il se demanda ce qu'il en dirait à Rose et en fut si bouleversé qu'il cessa d'écouter la jeune femme. L'avenir s'illuminait. À la scène peuplée de fantômes se substituait une conversation de vivants, il ne pouvait voir sa fille mais il pouvait lui parler et, en serviteur de l'esprit, il pensa : L'esprit lui portera mes paroles. Il scruta l'ensō sur son carré de papier mat et se rendit compte que Tomoko s'était tue.

— Pardon, dit-il, je suis fatigué.

Elle lui sourit.

— Ici, rien ne change, dit-elle. Mais toi, tu dois avoir une vie passionnante à Kyōto.

Et comme il acquiesçait distraitement :

— Ton père ne va pas bien, tu sais.

Il baissa la tête, embarrassé.

— Il est jeune, reprit Tomoko, le chagrin durera longtemps.

— Il ne semble pas malheureux, dit Haru.

— Le chagrin est pour vous, dit-elle avec douceur, le chagrin est pour ceux qui aiment les absents.

Il but une gorgée de saké.

— Je le sais, dit-il, je ne le sais que trop.

Elle rit gentiment.

— Une femme ? demanda-t-elle.

Il rit à son tour. Elle lui sourit, se leva.

— Nous t'avons gardé le bain ouvert, dit-elle, il est temps que tu te reposes.

Il la remercia et prit le chemin de sa chambre. Là, il se vêtit du yukata de l'auberge avant de ressortir dans la pénombre des couloirs et de rallier la source d'eau chaude. Brune, éminente, la charpente de la vieille bâtisse courait à la façon d'une toile d'araignée au-dessus des passages. Sous les poutres, quelque chose murmurait et, s'immergeant dans l'eau brûlante, il en entendit la rumeur avec plus d'intensité encore. En dépit de la nuit, la vaste pièce demeurait un lieu de lumière, le bois se satinait de lune, les eaux se laquaient de clarté. Le grand bassin d'hinoki, poli par l'usage, longeait une vitre sans huisseries visibles, tendue comme une toile sur le paysage des cascades. Au premier plan, on discernait les troncs des cyprès et, à leur pied, des enkianthus dont le feuillage rouge, dans l'obscurité, se couvrait de mercure. Haru savait que tout était beau mais ne ressentait rien, absorbé par la rumeur qui enflait, qui n'était celle ni du torrent ni de l'auberge, qu'il n'avait jamais entendue et qui, pourtant, lui était familière. Il flotta dans l'eau sans bouger, se laissa aller au courant et aux pierres, aux astres et aux arbres, au Japon et aux montagnes endormies. Un long moment passa puis un nuage voila la lune, il y eut une averse et les eaux du bain, des rapides et du ciel se mêlèrent.

Il entra dans la nuit. Il y entra avec gratitude, s'avança vers l'invisible, s'inclina comme jamais encore il ne s'était incliné. En transparence des berges à fougères, sur la scène d'un théâtre d'ombres illuminé de lune, se détachait la trame de sa vie. Il entendit la voix de sa mère qui disait : Tu fais des ablutions de corbeau, et le cri des corbeaux de Kyōto se mélangea aux souvenirs fragmentés du passé. Il se revoyait avec elle, au sentō, alors qu'elle l'aidait à se laver aux robinets alignés le long du mur opposé au bassin. Seuls les corbeaux font vite, insistait-elle, et il se souvint aussi que, le soir, elle lui racontait la légende du hameau caché au fond de la rivière qui donnait son nom à l'auberge : il ne ressurgissait à la vue des hommes que dans la nuit des solstices avant de retrouver au petit matin son linceul de remous et de roche. Tel est le canevas de ma vie, se dit Haru, mais mes heures de clairvoyances se font d'ordinaire en novembre et en mai. La nuit grandissait et, avec elle, la leçon de sa mère, la sagesse des longues ablutions, le pas de la lenteur. La nuit disait : Tu es un enfant de la montagne, un natif de Shinnyo-dō, un passager de l'étrangeté, un pèlerin solitaire. La nuit disait encore : Honore. Une pluie drue tourna le massif de pins sur la rive en une nuée venue du fond des cieux. Une feuille chuta devant la vitre et Haru pensa : Le ciel se fane. La pluie cessa et les étoiles reparurent.

Alors il vit le renard. Paraissant marcher sur les eaux, il traversait le courant. Au milieu du gué, il s'arrêta, se tourna vers lui puis, reprenant sa course, atteignit la berge et disparut sous le couvert des pins. La rumeur du début de la nuit s'intensifia, Haru s'enfonça dans le bain, laissa l'eau recouvrir son visage, médita longtemps, ne revint à sa chambre qu'à l'aube. On avait préparé son futon et, selon la tradition de l'auberge, y était déposé un poème. Haru s'assit en face de la grande vitre sans cadre, insérée à même les parois, qui donnait sur le torrent. Alignés comme un seul homme devant les cimes, imperceptibles mais palpables, se tenaient son père, sa mère, son frère et tous ceux d'ici, membres de la fraternité des montagnes. Est-ce la vocation du renard de me les montrer ? se demanda-t-il et il revit Maud dans le bain du premier soir. Avec une précision photographique, sa mémoire lui restitua son visage au moment où il terminait l'histoire de la dame et du renard de Heian. Que lui disais-je ? se demanda-t-il, stupéfait de la tristesse qu'il découvrait en elle et, plus stupéfait encore : Comment ai-je manqué cela ? Devant lui, le courant blanchissait, et son hameau caché, et la silhouette des cyprès, tous semblablement visibles et invisibles, portaient un message inaudible. Il s'allongea, lut le poème à voix haute.

automne en montagne –
tant d'étoiles
tant d'ancêtres lointains

Un cercle se constitua devant ses yeux, qui s'ouvrait et se refermait en un mouvement continuel et fluide. Dans un automne perpétuel se suivaient et se précédaient montagnes, étoiles et ancêtres inconnus. Il se remémora parents et son frère attablés dans la vieille maison, enveloppés d'un halo de tendresse et de crainte. Il se revit enfant, dans les allées de la brasserie, grisé des levures, fier de la vigueur de son père, puis jeune homme indifférent pressé de fuir ce monde de labeur et de silence. Je me suis arraché aux montagnes, se dit-il, j'ai voulu fuir la solitude et je l'ai emportée avec moi. Repassant le profil des siens dans la lumière du soir, il pensa : Je suis loin désormais mais ce fil ne doit pas se briser. Alors, poursuivant la méditation entamée dans la nuit de Takayama, il comprit enfin la rumeur de l'endroit.

Il alla à la salle commune sans avoir dormi et il y trouva Akiyo, la mère de Tomoko, qui lui servit le thé et s'assit à côté de la table pour lui faire la conversation. Elle portait un kimono d'automne brodé, entre autres fleurs, de camélias et de campanules en forme de petites étoiles. Parmi les mets du petit-déjeuner, il y avait du riz aux matsutakés.

— J'en ai mangé au dîner chez ma mère mais on ne s'en lasse pas, dit-il.

— Naoya nous les a vendus hier, dit-elle en riant, c'est le meilleur cueilleur du canton.

Ils parlèrent de tout et de rien puis il la remercia pour le poème.

— Il est d'une poétesse contemporaine, dit-elle. Elle est toujours vivante, je crois.

Voyant sa surprise, elle ajouta :

— On peut être moderne et profond.

— C'est mon métier, dit-il.

Elle sourit, lui resservit du thé.

— J'ai vu un renard qui traversait à gué un peu avant l'aube, ajouta-t-il.

— À gué ? répéta-t-elle. Il n'y a pas de gué en cette saison.

À la gare, il rendit la voiture à un employé dont il connaissait la famille depuis l'enfance et qui lui tapa affablement sur l'épaule. Comment ai-je pu oublier les miens ? se demanda-t-il. Sur le quai, il se mit à neiger faiblement et, goûtant un flocon en lequel lui parut concentrée la saveur de Takayama, il eut plus de regrets encore de quitter ses montagnes. Dans le train, il dormit d'un sommeil intermittent où lui revenaient en boucle les mots qu'il avait prononcés dans le bain à l'instant de la tristesse de Maud. À Kyōto, il prit un taxi pour la maison et y trouva Sayoko, assise devant un livre de comptes, qui le regarda sans mot dire. Mais à la manière dont elle abaissa ses lunettes sur son nez, il sut qu'il devrait lui parler.

— Il neigeait à Takayama, dit-il.

Elle le considéra, l'œil sévère.

— Nous avons mangé des matsutakés, dit-il encore.

Elle ne cillait pas, il se résigna :

— Mon père ne va pas bien.

Elle plissa les yeux.

— La tête ? demanda-t-elle.

Il acquiesça, habitué à ses intuitions stupéfiantes. Elle eut un geste de compassion, la main posée sur la clavicule gauche.

— Mais Rose va bien ? dit-elle.

Surpris, il acquiesça de nouveau bien qu'ils n'eussent pas évoqué Rose depuis l'année de sa naissance. Elle partit à petits pas satisfaits vers les cuisines, en revint avec du thé, s'assit face à lui et continua ses comptes. Enfin, alors qu'il s'apprêtait à partir, elle lui dit que Keisuke était chez Tomoo.

La seule chose qu'ils se dirent fut le nom de leurs morts étaient les mots qui, le premier soir, avaient donné aux yeux de Maud leur tristesse. Or, il tenait ces mots d'un frère et ses frères, justement, attendaient sur la piste révélée par les étoiles. À Takayama, il avait bu avec ses ancêtres, à Kyōto, il boirait avec Keisuke et, comme de juste, Sayoko lui en indiquait le chemin : il alla chez Tomoo. Il y alla à pied en enjambant la Kamo-gawa, coupant à travers le campus de l'université, ralliant le sanctuaire de Yoshida et escaladant la colline boisée du même nom. Il faisait doux avec, dans l'air, un pressentiment de neige. Au sommet de la butte, en sortant du couvert des arbres, il croisa un corbeau et un prêtre de sa connaissance qui tenaient conversation. Le corbeau, silhouette noire sur fond orange, était perché sur un torii, le prêtre, vêtu de noir, se découpait sur la blancheur immaculée d'un mur. Un peu plus haut, il y avait le petit sanctuaire frère de Takenaka, une poignée de bâtiments et autels de bois, lanternes de granit, tombes et renards de pierre noyés de végétation. De là, on descendait de la colline par une allée surmontée d'une vingtaine de toriis entrelacés de grands cerisiers, de là aussi, on avait la plus belle vue sur la colline voisine de Shinnyo-dō et sur les montagnes de l'Est. Le gong du Hōnen-in retentit au loin et le temps transfiguré devint présence. Le lieu se fit souffle et paix, des soupirs parcoururent les futaies, les cris des oiseaux se tournèrent en chuchotements. Le prêtre, notoirement fou, parlait aux corbeaux de chair et aux renards de pierre dans une langue connue d'eux seuls qu'il proférait néanmoins devant ses administrés. Mais il était populaire et personne, au grand jamais, n'eût songé à s'en séparer. Haru passa devant lui et le salua, l'autre, tout à son dialogue, s'inclina en lui souriant puis, alors que Haru s'éloignait, le rappela.

— Quel est ce bruit que tu traînes derrière toi ? lui dit-il.

— Quel bruit ? demanda Haru.

Le corbeau croassa.

— Je ne sais pas, répondit le prêtre, mais nous l'entendons.

Ils s'entretinrent de choses et d'autres mais bientôt Haru eut la sensation d'entendre paroles et sons du monde comme s'ils se produisaient *ailleurs*. Il était seul en un territoire inconnu balayé d'une rumeur propre et, à côté seulement, se déroulait le cours des choses réelles. Il en perdit le fil du bavardage du vieux prêtre, leva le nez vers le ciel qui s'assombrissait – ciel de neige mais je ne suis pas seul, pensa-t-il. Alors il rit et, coupant la parole à l'homme de foi, lui dit :

— Le bruit, tu sais ? Ce sont mes ancêtres.

— Ah ! dit l'autre. Je savais bien !

Et, se tournant vers le corbeau :

— Ce sont ses ancêtres.

Après quoi il traduisit aimablement dans la langue des corbeaux. Haru regarda l'entrée de Takenaka encadrée de ses deux renards sculptés dans la pierre blanche et, frappé de se trouver aux portes d'un sanctuaire dédié à la déesse qui en prend l'apparence, dit au prêtre :

— J'ai vu un renard qui marchait sur l'eau à Takayama.

— À Takayama ? demanda le prêtre.

— À Kakurezato, plus exactement, dit Haru.

— Kakurezato ? marmonna-t-il. Je n'entends rien à ces légendes de hameau caché.

— Le renard, lui, n'était pas caché, fit remarquer Haru.

— Bien sûr, répondit le prêtre, l'invisible n'est jamais caché.

Haru prit congé, redescendit la colline de Yoshida et attaqua celle de Shinnyo-dō. Au moment où il arrivait devant le temple, il se mit à neiger à petits flocons placides. Les lanternes de pierre brillaient dans le jour déclinant, au-delà des toits veillaient les montagnes et il se récita intérieurement les vers de la poétesse vivante. Il pensa à sa fille et la vit baignée des couleurs de l'heure. À l'orange d'Inari, au pelage du renard, répondait la rousseur de sa chevelure. Au-dessus d'elle, dans le ciel noir, se penchaient les morts de Heian, les ancêtres de la montagne, les étoiles blanches dans la nuit d'automne. Alors qu'il contournait le temple et marchait sous une voûte d'érables flamboyants, il se rappela une fois encore le visage de Maud dans le bain du premier soir. Mes ancêtres sont vivants mais les siens sont morts, pensa-t-il, je ne savais pas que les défunts pouvaient être eux aussi morts ou vivants. Il fit quelques pas et s'arrêta en haut de l'escalier qui menait à la maison de l'ami dont s'échappaient des notes de piano et des voix joyeuses. Il entendit japper Sakura, la petite chienne de Tomoo, et il y eut quelques mesures de jazz suivies d'un éclat de rire.

Il comprit que cette minute solitaire au seuil d'une maison aimante préfigurait ce que serait désormais sa vie. À partir de ce soir, il se tiendrait entre deux mondes, entre les morts et les vivants, la nuit et la clarté des demeures, le passé et l'avenir, et il y parlerait à sa fille. Il pensa que les morts avaient le pouvoir de donner la joie ou le désespoir et qu'il devait faire entendre à Rose la voix de ses ancêtres montagnards – puis une autre pensée s'y superposa et, étonné, ému, il se dit : C'est grâce à elle que j'entends cette voix. Au même instant, à l'intérieur, Keisuke cria : Du saké ! et Haru descendit les marches en goûtant ses dernières bouffées de solitude douce-amère. Le soir naissait, escorté de ses puissances invisibles, le jour mourait, ensevelissant ses douleurs cachées – il serra sa fille dans ses pensées comme il l'eût fait dans ses bras et il rejoignit la communauté de ses frères.

Lesquels frères, il faut bien le dire, n'étaient pas très présentables. Pour ce que Haru voyait de la scène, on avait bu, on avait chanté, on avait réclamé plus de saké encore et, quand tout cela avait été terminé, on avait recommencé. À présent, on mangeait un peu en prenant soin de ne pas oublier de boire. Au piano, un jeune musicien jouait *Bemsha Swing*. Au-dessus du clavier étaient posées des photos de trois idoles de Tomoo : Kazuo Ōno, Thelonious Monk et Federico Fellini. À côté de lui était affalé le bel Isao, son unique amour. Tout autour, une poignée de fidèles des deux sexes grignotait et buvait en causant.

On accueillit Haru avec des clameurs réjouies et on lui servit à boire. Keisuke lui jeta un œil railleur, Sakura vint lui lécher les mains et la réunion reprit joyeusement son cours. Il y eut d'abord du jazz puis Tomoo et Isao, en grande forme, donnèrent un numéro parodique de nō. Ils s'épuisèrent en cris de gorge et en gestes outrés, on rit beaucoup, on parla encore et, à la nuit tombée, une jeune chanteuse interpréta des vieilles chansons d'Amami. Par la fenêtre, on voyait flotter des flocons paresseux sous le lampadaire qui s'allumait à cinq heures et tous regardaient et écoutaient, adossés aux murs. Au-delà, la lumière ciselait les branches d'un cerisier pleureur, la jeune femme chantait *à la recherche de nouvelles terres* et les visages se faisaient graves. En dépit de nos errances, nous prenons les choses sérieuses au sérieux, pensa Haru et il fut soulagé d'un poids dont il ne comprit pas la nature. *Par une centaine de charpentiers* poursuivait la chanson et il sentit autour de lui la maison de bois qui ressemblait à un grand voilier. Enfin, on applaudit la chanteuse, Haru alla s'asseoir à côté de Keisuke et lui fit le récit de son séjour à Takayama. Il parla de son père, des matsutakés, de Jirō, de Kakurezato et du renard qui traversait le torrent par un gué fantôme. À la fin, il rapporta en détail son dialogue avec le prêtre de Yoshida et Keisuke, qui avait écouté en silence – mais en buvant –, s'esclaffa à la phrase finale :

— Parfois, les prêtres disent des choses sensées !

— Je n'arrête pas de tourner cette phrase dans ma tête, dit Haru. Qu'est-ce qui n'est pas caché et que je devrais voir ?

— Ce n'est pas ce que suggérait ce brave homme, dit Keisuke.

Après l'avoir regardé pensivement, il ajouta :

— Tu ne me dis pas tout.

À ce moment, un jeune homme se leva et sortit de la pièce sous les cris d'encouragement de l'assemblée.

— J'écoute les étoiles, dit Haru, peut-être le renard en était-il le messager.

Keisuke s'esclaffa encore.

— Qu'est-ce que c'est que ce galimatias ? demanda-t-il. Tu n'es pas capable d'entendre ta propre voix alors écouter les étoiles, je voudrais bien voir, sans parler de ces conneries d'Inari.

Haru sourit.

— Les hommes, les hommes, les hommes, dit-il.

— Exactement, dit Keisuke. Il n'y a que les hommes pour s'occuper des hommes, crois bien que les renards et les déesses s'en foutent.

Le jeune artiste était revenu coiffé d'une longue perruque rouge qui lui descendait jusqu'aux chevilles par-derrière et jusqu'aux hanches par-devant. Il s'était immobilisé au milieu de la pièce et tout le monde l'acclamait (et réclamait du saké). Le lion ! Le lion ! criait Isao. Tomoo alla chercher un petit paravent orné de pivoines rouges, le posa à côté de l'acteur et la danse débuta. Haru, qui ne raffolait pas du kabuki, rit de bon cœur aux frappements de pied et aux déhanchements du lion excité par les pivoines qui voltigeaient devant ses naseaux, une des rares pièces du genre qui l'amusait. Ajoutant au comique, Sakura tournait en aboyant et grondant autour du danseur et, à la fin, Keisuke glissa à Haru : S'il arrête de se battre dans les bars, il fera un très grand acteur. Ensuite, la soirée fila avec plus de saké et de rires encore. Keisuke et Haru conversaient, au-dehors, la neige tombait, cachait les étoiles, recouvrait la ville. Depuis quelque temps, Haru éprouvait comme à Takayama l'impression qu'un crêpe léger s'était déployé devant ses yeux – la rumeur a disparu mais le voile est revenu, pensa-t-il avec perplexité et il se tut en laissant les autres babiller à ses côtés. Le jeune pianiste, complètement saoul, égrenait les notes de *My One and Only Love*, Isao servait aux invités du riz aux alevins séchés, il tendit un bol à Tomoo et lui adressa un sourire indéfinissable, chargé d'une intimité impalpable et secrète. Haru regarda les deux hommes. Jusque-là, la jeunesse et la beauté d'Isao avaient composé la représentation qu'il avait de lui mais, ce soir, il le voyait simplement *là*, incarné et présent dans la valse des tendresses et des confidences invisibles – tout est invisible et tout est devant nous, pensa-t-il, rien n'est caché pour qui veut essayer de voir. Le profil pur d'Isao, ses gestes lents, ses yeux gris ne disaient pas la beauté mais l'amour, un amour sans norme, sans famille, mystérieux et entier. Keisuke posa à Haru une question qu'il n'entendit pas, il ferma les yeux, pensa à sa fille, comprit que le voile était celui de ses indifférences et de ses abandons. Alors la rumeur des ancêtres reparut et, avec elle, l'image nette du visage de Rose, il se rendit compte que Keisuke lui parlait et revint au brouhaha de la pièce tandis que le poète lui répétait : Tu ne me dis pas tout.

Haru ne répondit pas. Il méditait. Tout autour, c'était la neige, le ciel noir, les étoiles. Ici, il était chez lui. Il avait choisi ces hommes et ces femmes, ces artistes et ces marchands, ces joyeux serviteurs de l'esprit. Il dévisagea chacune et chacun, s'imagina les présenter à Rose, inventa des années heureuses où ils se connaîtraient. Il rit quand Keisuke, qui s'était péniblement levé, se prit les pieds dans la perruque du lion et s'écrasa sur le paravent aux pivoines. Il y eut des exclamations et des applaudissements que couvrirent bientôt les ronflements du potier. Haru leva sa coupe dans la direction de Tomoo et Tomoo lui sourit. Un brusque coup de vent fit tourbillonner les flocons et, étreint d'une sensation de vide et de chaleur mêlés, il sourit en retour à Tomoo, sourit à son père, à sa mère, à Naoya, au renard du torrent, à ses ancêtres, aux étoiles et aux mânes de Shinnyo-dō, aux esprits du Japon et à ses frères charpentiers. Enfin, contemplant ses amis assemblés, il sourit à sa fille lointaine qui reliait entre elles les âmes désunies.

Les maisons de Tomoo et de Haru où, en rupture avec les us japonais, on recevait en permanence, étaient également singulières parce qu'on y accueillait autant de femmes que d'hommes. On n'y donnait pas de soirées proprement masculines et les femmes y participaient aux discussions et aux fêtes. C'étaient pour la plupart des artistes japonaises mais on y rencontrait aussi parfois des artistes ou des personnalités étrangères. Les attachées de presse appelaient Tomoo pour lui dire : Madame Untel d'Amérique ou d'Allemagne vient donner un concert ou une conférence à Kyōto et Tomoo organisait une soirée pour Madame Untel d'Amérique ou d'Allemagne. Quand une Madame Untel revenait en habituée, il n'était pas rare non plus qu'il l'héberge, elle mourait de froid et trouvait le futon spartiate mais ne désirait rien tant que demeurer là. À l'aube, Isao lui servait du café fort et l'emmenait sur la plus haute marche de Kurodani voir le lever du jour sur la ville. À ses pieds bruissait la cité des temples, à l'horizon se dessinait la crête des montagnes, tout autour vibraient les tombes d'une civilisation inconnue. Madame Untel tombait mentalement à genoux, prenait le bras d'Isao en grelottant et revenait au voilier, portée par une joie indicible.

Cette nuit-là se présenta à Shinnyo-dō une pianiste française du nom d'Emmanuelle Revers. C'était la troisième fois qu'elle venait chez Tomoo mais, pour une raison ou pour une autre, la première que Haru la rencontrait. Il la vit entrer dans la pièce, la trouva belle et sentit qu'elle faisait partie du puzzle de sa vie. Il lui donna une quarantaine d'années, incertain, comme toujours, de l'âge des Occidentales. Brune, la peau sombre, le corps long, elle ressemblait à un paysage qui changeait avec la lumière en projetant les ombres par à-coups. Isao lui demanda si elle était fatiguée du voyage, si elle voulait se retirer dans sa chambre – elle ne voulait pas, heureuse d'avoir de la compagnie : Je me sens un peu esseulée depuis que je suis ici, dit-elle. Tomoo la mena près de Haru, le seul qui, avec lui, parlait correctement l'anglais. Elle avait un rire brusque, des mouvements doux, une conversation agréable et vive, comme elle était elle-même. À un moment, ils plaisantèrent du froid dans la maison et des aubes glacées d'Isao et elle dit :

— Mais je n'ai jamais eu autant le sentiment d'être au cœur de ma vie.

Elle réfléchit et corrigea :

— Au cœur de *la* vie.

Plus tard, elle désigna la photo de Kazuo Ōno, le maître du butō, sur le piano.

— Je l'ai vu jouer à Tōkyō, dit-elle. Je n'ai rien compris mais, après, j'ai pleuré longtemps. J'étais seule dans ma chambre d'hôtel et je sanglotais dans mon lit sans pouvoir m'arrêter.

Tomoo lui sourit.

— Le butō sonde nos obscurités, dit-il.

Elle médita un instant ses paroles.

— Je vois, dit-elle.

Elle se leva, alla au piano, choisit une partition et joua. Haru vint s'asseoir près d'elle, admira son beau profil sans la désirer, heureux de sa seule présence, et commença de ressentir quelque chose qui donnait corps à ce qu'il avait perçu au début et que la conversation avait ensuite masqué : en elle se nichait une tristesse qu'à l'instant son jeu révélait. Ils bavardèrent par intermittence entre deux morceaux, longtemps après il jeta un œil à sa montre et vit qu'il était trois heures. Au milieu de la pièce, étalé sur son paravent, Keisuke grogna et Emmanuelle rit.

— La dernière fois, il était plus bavard, dit-elle.

— Keisuke est un grand conteur, dit Haru, je pense qu'il raconte des histoires jusque dans ses rêves.

— Voulez-vous faire quelques pas dans la neige avant de partir ? demanda-t-elle soudain.

Elle le considérait avec douceur.

— Avec plaisir, dit-il, mais n'êtes-vous pas fatiguée ?

— Je suis fatiguée, répondit-elle, mais je n'ai pas mis le nez dehors depuis que je suis arrivée au Japon.

Ils se vêtirent et sortirent. Il ne neigeait plus. Ils montèrent l'escalier, passèrent sous les érables, contournèrent l'arrière du temple et se trouvèrent seuls dans la cour silencieuse. Le ciel se dégageait, sous les étoiles retrouvées le temps humide et doux tournait au froid, une couche de neige recouvrait les allées. Le sommet de la grande pagode se profilait dans l'obscurité par pans de toits blanchis, les lanternes de pierre clignotaient, les branches des arbres dessinaient dans la nuit des traits d'encre et de craie. Tandis qu'ils bavardaient, Haru décela en lui d'étranges craquements — des craquements de banquise, se dit-il et, déconcerté par l'image, il proposa à Emmanuelle d'aller jusqu'à Kurodani.

— Je grille la politesse à Isao mais cette première neige nous invite, dit-il.

Ils serpentèrent au milieu des cimetières et arrivèrent en haut du grand escalier. En contrebas, la ville endormie ronronnait. Sur le versant de la colline s'alignaient les tombes et les arbres à corbeaux brossés de neige fraîche. À l'horizon, brouillées d'obscurité, veillaient les montagnes de l'Ouest. Ils étaient seuls sur le toit du monde. Elle désigna les longues tiges de bois qui oscillaient dans la nuit.

— Isao m'a appris que les sotobas portent mention du nom du défunt dans l'au-delà mais je trouve cruelle l'idée que les morts soient privés du nom sous lequel ils ont été connus de ceux qui les aimaient.

Elle désigna de la main les allées enneigées.

— Malgré cela, ajouta-t-elle, je dois dire que vos cimetières ne me crucifient pas comme les nôtres.

— Sont-ils si différents ? demanda Haru.

— Très différents. En Occident, les cimetières sont des lieux de mort. Ici, j'ai toujours une sensation de vie, si cela peut avoir un sens.

Il pensa à ce que, à Takayama, il s'était figuré des ancêtres de Maud et des siens.

— Un jour, j'ai raconté une histoire à une femme française que je venais de rencontrer. De même que toutes les autres, je tenais cette histoire de Keisuke.

Il se tut, étonné par sa confidence.

— Que s'est-il passé ? demanda Emmanuelle.

— Je n'en sais rien, dit-il. Quelque chose mais je ne sais pas quoi.

Elle le regarda.

— Racontez-la moi, dit-elle.

Il hésita.

— Allez-y, insista-t-elle, cela semble important et j'aime les histoires.

Derrière lui, Shinnyo-dō murmurait, à ses pieds, en bas des marches, se trouvait l'endroit où il avait appris l'existence de sa fille.

— L'histoire se déroule à la cour impériale, commença-t-il.

— Non, l'interrompit-elle, racontez-la moi comme vous la lui avez racontée, avec les mêmes mots.

L'image de Maud dans le bain, nue, blanche, muette, alors qu'il la désirait, l'envahit.

— Vers le milieu de l'époque de Heian, il y eut des aubes de toute beauté, reprit-il. Au fond des cieux se fanaient des brassées de fleurs pourpres. Parfois, de grands oiseaux se prenaient dans ces reflets d'incendie. À la cour impériale, une dame vivait recluse dans ses quartiers, sa noblesse scellait son sort de captive et même le petit jardin attenant à sa chambre lui était interdit. Cependant, pour contempler les aurores, elle s'agenouillait sur le bois de la galerie extérieure et depuis la nouvelle année, chaque matin, un renardeau s'invitait dans le jardin. Bientôt, une pluie drue s'installa jusqu'au printemps et la dame pria son nouvel ami de la rejoindre à l'abri, en surplomb du clos où il n'y avait qu'un érable et quelques camélias d'hiver. Là, ils apprirent à se connaître en silence.

Il regarda la femme française qui regardait les montagnes lointaines. Quelque chose flottait, quelque chose frémissait. Est-ce en moi ? En elle ? Autour de nous ? se demanda-t-il. Elle se tourna vers lui.

— Ensuite, après qu'ils eurent inventé un langage commun, la seule chose qu'ils se dirent fut le nom de leurs morts, termina-t-il et, en même temps qu'Emmanuelle disait avec lui *le nom de leurs morts*, la neige se mit à tomber.

Ainsi, en novembre 1980, un homme japonais et une femme française, postés sur le toit du monde, regardaient la neige tomber. Ils se croyaient au seuil d'une longue amitié, ne savaient pas qu'ils ne se reverraient plus, que cette nuit serait à jamais leur seule nuit. Le ciel s'émiettait en copeaux blancs portés par une brise invisible, la cité pâlit puis disparut, les laissant dans la seule compagnie des morts.

— Vous connaissiez cette histoire ? demanda Haru.

— Non, répondit-elle.

Elle recueillit quelques flocons sur le dos de sa main.

— Je l'ai devinée.

— Je serais curieux de savoir comment, dit-il.

— Les histoires nous parlent sans que nous sachions comment. Et nous avons un point commun, votre ami Keisuke et moi. Nous avons perdu un enfant.

Elle lui sourit comme si c'était lui qu'elle voulait consoler et, soudain, l'idée que sa fille disparaisse, et avec elle le nouveau pont jeté entre lui et les siens – entre le passé et l'avenir, entre ses ancêtres et son destin – le glaça.

— Je vois votre effroi, dit Emmanuelle. En réalité, c'est l'unique fardeau dont je suis soulagée, celui de l'inquiétude. Pour le reste, le poids est le même, c'est étrange, n'est-ce pas ? On souffre moins avec le temps mais les choses ne vont pas mieux pour autant.

Elle sourit encore, triste, consolatrice.

— Je descendrais bien cet escalier, dit-elle, j'ai l'intuition qu'il nous mènera quelque part.

Il sourit à son tour et la suivit. Sous leurs pieds, la neige se tassait et frémissait, l'averse faiblissait, les ténèbres grandissaient. Ils arrivèrent en bas devant l'allée où Haru avait fait auparavant vœu d'avoir sa sépulture et Emmanuelle l'emprunta, l'air rêveur. Après quelques pas, elle s'arrêta devant un emplacement vide, se pencha et toucha la neige du plat de la main.

— La dernière fois que j'ai vu mon petit garçon vivant, il dormait, dit-elle en se redressant. Il était malade depuis longtemps et je n'avais de répit que lorsqu'il parvenait à dormir. Là, il ressemblait à tous les autres petits garçons et je m'autorisais à rêver que tout allait bien. Je suis reconnaissante au sort qui le faisait dormir paisiblement quand l'éveil était toujours un cauchemar.

Elle fit signe qu'elle voulait continuer à marcher et ils remontèrent l'allée avant de prendre à droite vers l'esplanade du temple de Kurodani. Les étoiles étaient de retour et Haru les trouva inhabituellement brillantes.

— Qui était cette femme française ? interrogea-t-elle.

Il ne sut que répondre. Autour d'eux, la présence tutélaire des bâtiments et des cimetières, la force des tombes et de la neige portaient un indéchiffrable message.

— Ce que Tomoo a dit tout à l'heure sur le butō, cela vaut aussi pour l'amour, dit Emmanuelle. L'art et le désir sondent nos obscurités.

— Keisuke dit que je ne comprends rien aux femmes mais c'est peut-être à moi-même que je n'entends rien.

— Nous avons tous une part d'ombre qui crée des angles morts où nous sommes cachés à nous-mêmes.

Ils reprirent leur marche vers l'entrée de Shinnyo-dō en passant entre les temples et jardins annexes du complexe. Haru en connaissait chaque allée, chaque bambou et chaque érable que la lune et la neige recouvraient de vif-argent. Ils atteignirent le grand porche rouge qui menait au temple principal, il y avait dans l'air une sorte de densité et, à la fois, de légèreté délicieuse.

— Je fais ce tour chaque semaine, dit-il.

— Vous êtes chanceux, il y a du monde sur cette colline et je ne parle pas seulement des morts.

— Comment savez-vous que c'est une bonne compagnie ? demanda-t-il en riant.

— Je ne me suis pas sentie si bien depuis très longtemps, répondit-elle.

Elle lui prit le bras avec amitié, il la conduisit jusqu'à la grande cour, heureux de son affection.

— La promenade de la dernière fois avec Isao avait ce parfum de profondeur et de joie, dit-elle quand ils furent arrivés devant la grande pagode.

— Il peut donc y avoir de la joie en dépit de l'absence ? demanda-t-il.

— La douleur est partout, je ne peux y échapper. Mais, parfois, en certains lieux, en certaines présences, je deviens une autre femme qui peut de nouveau respirer. Ensuite, hélas, je reviens à moi-même.

Ils contournèrent le temple et retrouvèrent l'escalier qui menait au voilier de Tomoo. Alors que Haru allait prendre congé, Emmanuelle le retint.

— Cette femme française, lui demanda-t-elle, vous a-t-elle semblé triste quand vous lui parliez de la dame au renard ?

Il fut surpris, hocha la tête, Emmanuelle hocha la tête à son tour.

— Elle appartient à une communauté dont vous devez vous protéger, dit-elle, peut-être vaut-il mieux que vos destins soient disjoints.

Elle lui serra le bras, lui sourit.

— Adieu cher ami, dit-elle, j'espère vous revoir bientôt.

Il revint à pied par le chemin de l'aller. À Takenaka, il jeta une pièce dans l'autel, sonna la cloche, s'inclina, tapa dans ses mains, rit de lui-même. Il faillit déraper plusieurs fois sur les marches des escaliers de Yoshida que la neige et les grands arbres rendaient glissantes et obscures. Sortant de l'enclave forestière en pleine ville, il retraversa le campus silencieux, arriva au pont de la Kamo-gawa, s'y arrêta un moment. Sur les berges à herbes folles, argentés de lune, paressaient de grands hérons gris. Il revit le geste qu'Emmanuelle avait eu pour toucher la neige du cimetière, celui, plus tôt, par lequel elle avait recueilli les flocons – le plat et le dos de la main, pensa-t-il, mais elle n'a pas seulement touché la neige, elle a touché la terre, elle a touché la matière. Il se demanda comment s'appelait son petit garçon, se promit brusquement, la fois prochaine, de lui parler de Rose et l'idée de partager son secret le soulagea d'un fardeau ignoré. Il regarda les étoiles et s'émerveilla de nouveau qu'elles fussent si brillantes. Sont-ce aussi mes juges ? pensa-t-il en se remémorant la nuit de Takayama.

Il rentra chez lui, alla aux cuisines, se prépara du café fort, le but face à l'érable sous la lune. Était-ce la privation de sommeil, les deux nuits de transe en compagnie de ses ancêtres puis de ses frères, la conversation d'Emmanuelle Revers ? Dans le jeu de la lumière et des ombres, des ténèbres et de la neige, se dessinait une vérité troublante où chaque chose portait en elle son contraire, chaque désir son exacte négation. Sa vie qui, jusque-là, lui avait paru limpide, se dévoilait dans son ambiguïté profonde, le plat et le dos liés et déliés en une ronde d'attractions et de répulsions successives. À l'image de la boucle perpétuelle des ensōs fermés, elle tournait autour d'un pivot invisible et faisait alterner les souffrances et les joies. Il entendit coulisser la porte du vestibule et Sayoko entra dans la pièce vêtue d'un imperméable et d'une robe de laine beige, les cheveux lâchés, retenus par un bandeau noir. Elle le toisa avec sévérité, les sourcils froncés, et il comprit qu'elle désapprouvait qu'il la vît ainsi et qu'il se fût servi lui-même du café. L'aube s'annonçait, la neige avait recommencé à tomber, l'érable frissonnait. Sayoko revint, les cheveux attachés, portant un plateau avec du thé, du riz et du poisson grillé. Il la remercia et elle s'éloigna à petits pas serrés.

Lorsqu'elle était entrée au service de Haru un peu moins de deux ans plus tôt, Sayoko Nishiwaki avait vingt-trois ans, un fils de trois, un mari de vingt-neuf et un cortège de compagnons invisibles. Elle habitait non loin de Shinnyo-dō où sa mère, une veuve, lui avait légué une petite maison en face du Hōnen-in. Comme partout, on y mourait de froid en hiver, on y jouissait de printemps et d'automnes cléments mais fugaces et on y suffoquait de chaud en été. Pour ajouter aux inconvénients, la proximité des montagnes boisées apportait son lot d'insectes débonnaires – moustiques, cafards, araignées et centipèdes venimeux qui donnaient, quand ils piquaient, trois bons jours de fièvre. On entrait par un porche de bois et une toute petite cour envahie de fougères et de bambous célestes. À l'intérieur, on se gardait de la lumière – et d'on ne sait quoi d'autre – avec force stores qui se répliquaient à l'extérieur des fenêtres. À seize heures, on entendait le gong du temple, on levait le nez et on regardait la vie s'envoler. Dans tout le quartier, il y avait des boutiques minuscules où on vendait du tofu, du café frais, des mochis, du miso fait maison. La vie était insignifiante et intense, réglée selon un métronome, traversée d'éclairs de folie. On jouissait de la protection de ce petit périmètre de collines incrusté dans celui, plus vaste, de l'arrondissement, tout le monde y connaissait tout le monde, tout le monde y surveillait tout le monde – ce que les stores masquaient, la cohésion organique du quartier le voyait.

Là, auprès de sa mère, Sayoko faisait son éducation. Tous les jours de la semaine, Masako travaillait dans une auberge traditionnelle en contrebas de la colline de Yoshida, une institution de luxe tenue par une vieille famille un peu désargentée. On y recevait des hôtes de marque, de grands dirigeants japonais et quelques étrangers venus pour affaires à Kyōto, Masako aidait aux cuisines, en chambre et en salle, portait le kimono, s'instruisait en matière de registres et de comptes. Le lieu mêlait un authentique style japonais aux influences occidentales caractéristiques de l'ère Meiji, avec une décoration marquée par l'art nouveau et le goût des ambiances britanniques. Tout autour, il y avait des jardins magnifiques avec des azalées, des érables et des pins taillés par des jardiniers de haut rang. Après l'école, Sayoko rejoignait sa mère et apprenait avec elle tout ce qui importe à la tenue d'une maison de renom. Elle apprenait à ajuster et porter un kimono, à s'agenouiller, à saluer, à cuisiner, à tenir des comptes. Elle apprenait le rang des hôtes, les us des étrangers et les caprices des humains. À Yoshida Honkan, Sayoko apprenait à servir.

Du croisement de ce monde de labeur et de tradition avec sa propre constitution, elle avait hérité une nature à la fois pragmatique et fantasque. Pour la seconde part, elle n'aimait rien tant que se rendre dans les lieux propices à entendre ce que les esprits murmuraient. En face de la maison de sa mère elle allait au temple bouddhiste du Hōnen-in, près du ryokan à celui de Yoshida, le plus vieux sanctuaire shintoïste de la ville. Là, elle passait de longs moments devant l'autel de Takenaka et y bâtissait une théorie hybride des divinités et des kamis renseignée par les dires des moines et des prêtres et par ses propres suppositions d'enfant – devenue femme, elle n'y dérogea pas et y mit plus de passion encore. Cela donnait des conversations où dominait son sens de l'organisation puis, soudainement, le fil de ses pensées dérapait. En réalité, elle usait d'une conception des esprits des deux religions qui n'appartenait qu'à elle et qui expliquait en partie ces glissements incongrus : le kami – ou on ne sait qui d'autre – lui soufflait des paroles inaudibles à son interlocuteur. À part cela, elle était mince, lisse, souple, obstinée, souriait rarement, contrôlait tout, prenait soin avec ferveur. L'existence était un parcours au cours duquel il fallait faire le travail sérieusement, elle n'entendait rien au goût du plaisir et avait une forme d'ingénuité qui – ainsi que Keisuke le déclarerait un jour – confinait au sublime.

Après le lycée, encouragée par Hirai san, la propriétaire du ryokan, elle était partie étudier l'histoire de l'art à Nara. Sa mère était morte brutalement dans l'été et elle disposait d'un petit pécule qu'elle pouvait consacrer aux études. Ses trois sœurs d'un premier mariage, plus âgées, vivaient dans la région de Tōkyō. Elle loua la maison de Kyōto et, à Nara, alla loger chez une cousine du côté de son père. En fin de journée, l'esprit soyeux d'œuvres et de connaissances, elle rentrait en longeant l'arrière du Grand Temple. Or, il arriva qu'un soir, sans prévenir, elle prit peur. Devant elle se déployaient l'immensité de l'art et les ombres des bâtiments jetées à terre comme des menaces. La silhouette enténébrée du temple la toisait, massive et désapprobatrice, et elle ressentit une terreur informe. Elle fit quelques pas et les reflets allongés des lanternes l'effrayèrent. Elle s'agenouilla sur la pierre de l'allée et pensa : Comment oses-tu ? Elle se releva, s'inclina, s'enfuit, rentra le lendemain à Kyōto et, trois mois après, se maria.

À sa vie d'enfance, sa vie de ryokan puis sa vie de Nara succéda sa vie d'épouse et de mère : sans grande surprise, elle n'en tint le pari que trois ans. Le 1er janvier de 1979, à l'aube – son fils et son mari dormaient encore –, elle sortit de la maison, emprunta le chemin de la philosophie, passa sous les cerisiers enneigés, continua vers l'ouest le long des rues désertes et parvint au pied de Shinnyo-dō où elle fit halte un instant. Elle entendait des craquements et des bruits minuscules, le ciel était blanc, des corbeaux tournoyaient au-dessus des toits gris. Elle reprit le chemin de son destin, escalada la colline, traversa l'enceinte du temple et redescendit vers le ryokan. Là, elle entra par la porte de service, remonta un couloir et trouva Hirai san à sa table basse, qui calligraphiait un poème.

— Ah c'est toi Sayoko ? dit affectueusement la vieille dame. Que me vaut le plaisir de cette visite matinale ? La nouvelle année ?

— Je voudrais travailler pour vous, répondit Sayo-ko après l'avoir saluée respectueusement.

S'inclinant profondément, elle ajouta :

— Comme ma mère.

Hirai san posa délicatement son pinceau, sou-pira.

— Masako nous manque beaucoup, dit-elle, vrai-ment beaucoup.

Elle fit signe à Sayoko de s'asseoir.

— Mais tu n'es pas faite pour ce travail, continua-t-elle.

Sayoko s'apprêta à protester, elle leva la main.

— Tu as toujours des pressentiments étonnants et tu n'es pas venue au hasard. Hasegawa san est venu en voisin me voir hier soir.

Elle se leva, alla chercher un papier posé sur son secrétaire.

— Appelle ce numéro, un de ses amis, un mon-sieur de confiance, cherche une gouvernante.

Elle se rassit et reprit son pinceau mais, au moment où Sayoko partait, la rappela et lui dit :

— Ce sera ton premier royaume.

Le lendemain, Sayoko téléphona, confia son fils à une voisine et alla visiter son premier royaume. Quand elle revint, elle trouva dans la courette son mari qui était rentré du travail.

— J'étais inquiet, lui dit-il.

— Il m'a engagée tout de suite, dit-elle. C'est un monsieur respectable.

— Engagée ? répéta-t-il.

— La maison donne sur la Kamo-gawa, continua-t-elle, une très belle maison, en vérité.

Il était habitué à ses sautes de conversation et, s'adaptant à la nouvelle situation, il demanda :

— Que vas-tu faire exactement ?

— Tout, répondit-elle et, de la sorte, commença sa nouvelle vie.

Chaque matin, elle partait retrouver la lumière de son second foyer qui, en réalité, était son foyer véritable, le lieu de toutes ses existences passées et à venir, comme l'était Shinnyo-dō pour Haru. Elle savait que l'émerveillement premier ne faiblirait pas, qu'elle revivrait chaque aube le même enchantement de bois et de feuillages, la même sensation que tout était exact, pur, juste – adéquat. La maison au bord de la rivière incorporait les éléments qu'elle révérait dans l'art mais lui offrait un territoire à sa mesure où elle avait sa place et pouvait régner sans danger. Il faut ajouter à cela qu'Haru lui avait plu et qu'elle avait fait le serment de prendre soin de lui jusqu'à la mort avec une dévotion qui, plus tard, paraîtrait fanatique à certains. Enfin, peu de temps après son intronisation sur le trône du royaume s'était produite la dernière de ses épiphanies. Dans les premiers jours, elle avait scruté les œuvres et les murs, écouté la maison, interrogé l'arbre et, perplexe, s'était avoué que quelque chose manquait. Elle arpentait les couloirs et les pièces avec le sentiment d'une présence en creux. Elle cherchait quelque chose mais elle ne savait pas quoi. Alors, deux semaines après avoir pris du service, un petit matin de janvier, elle rencontra Keisuke.

Elle lui ouvrit la porte et il s'écroula dans ses bras, l'haleine fétide, la chemise en bataille, une chaussure manquante. Elle le repoussa et il s'affaissa mollement sur le sol du vestibule. Elle le regarda et, éblouie, demanda à Haru qui entrait à sa suite :

— Est-ce un prince ?

Haru considéra Keisuke, hirsute et débraillé, qui ricanait bêtement.

— Un prince ? répéta-t-il.

Mais elle ne l'écoutait pas et, extatique, se penchait vers l'ivrogne. À présent, elle comprenait : ce qu'elle avait traqué pendant deux semaines vivait hors de la maison et, pourtant, l'incarnait.

— Je vais préparer du café, dit-elle en souriant.

Ensuite se déroula un dialogue fantaisiste. Haru avait réussi à traîner Keisuke jusqu'à la grande pièce et à le caler, les fesses sur un coussin, le dos contre la cage de l'érable. Sayoko avait apporté du café et se tenait devant eux, agenouillée, les mains croisées sur son obi noire brodée de chrysanthèmes jaunes. Après une première tasse, Keisuke se mit à dodeliner de la tête.

— Oh les gros chrysanthèmes, gazouilla-t-il, l'œil mouillé.

— Elle les aimait beaucoup ? demanda Sayoko.

— Beaucoup, dit Keisuke.

Sayoko pencha l'oreille et sembla écouter quelque chose ou quelqu'un.

— Ah, dit-elle tristement, votre petite fille aussi !

— Ma petite fille aussi, psalmodia Keisuke.

— Elle aimait les fleurs comme sa mère ?

— Comme sa mère, répéta Keisuke.

Sayoko baissa le nez, affligée.

— Comme sa mère, répéta-t-elle à son tour.

Elle lui servit une deuxième tasse de café qu'il but d'une traite.

— Tu es qui ? demanda-t-il en essayant d'accommoder sa vision, les yeux plissés, les sourcils froncés.

Apparemment, il n'y parvint pas puisqu'il s'exclama :

— Un renard ! Un renard en kimono ! Oh, les beaux chrysanthèmes !

Il désigna Haru du doigt.

— Celui-là, dit-il à Sayoko, celui-là est un samouraï et un esthète dans un corps de marchand. Il connaît le thé, il connaît l'esprit, il connaît les affaires.

Sayoko acquiesça doctement.

— Mais il ne comprend rien aux femmes, continua Keisuke. Il les regarde mais il ne les voit pas, il tâte la marchandise et compte en unités de chair. La seule chose qui le sauvera, à la fin, c'est qu'il n'aime pas les lignes droites.

Il rit, tenta sans succès de se mettre debout.

— Les gens des montagnes sont très cons, déclara-t-il, mais quand tout sombre autour de toi, c'est un imbécile de cette sorte que tu veux à tes côtés.

Puis, surpris, il s'exclama :

— Oh, mais alors quoi, tu n'es pas un renard ?

Sayoko secoua la tête.

— Je ne pense pas, dit-elle et, pulvérisant les règles de la propriété, de la préséance sociale et de la réserve féminine, elle ajouta : Vous êtes ici chez vous.

Le reste de la matinée vit le potier ronfler et baver sur le sofa bas de la grande pièce, Sayoko veiller sur son nouveau héros avec la vigilance jalouse d'une louve et Haru mettre en ordre quelques affaires et méditer dans son bureau. En début d'après-midi, Keisuke émergea de son coma et trouva à portée de main du thé fort et un petit bol de nattō.

— Ta gouvernante est extralucide, dit-il à Haru qui lisait en fumant à proximité.

— Elle écoute peut-être les étoiles, suggéra Haru.

— Tu ne comprends pas ce que tu dis, s'amusa Keisuke.

— Je suis un rustre des montagnes mais je peux entendre les astres, rétorqua Haru.

Sur une impulsion, il cita les vers du poème de Kakurezato et il y eut un silence.

— Il est de Setsuko Nozawa, dit finalement Keisuke.

Après un autre silence, il ajouta :

— Sae l'aimait beaucoup.

— Elle est toujours vivante ? demanda Haru.

— Les morts sont vivants, répondit Keisuke, puisqu'ils vivent par nous.

— Je parle de la poétesse, dit Haru.

— Je sais, dit Keisuke, mais j'aime te rappeler les choses essentielles. Et en voici une autre : la vraie langue du Japon, la langue des étoiles, a été inventée par les femmes lettrées de l'époque de Heian, une langue qui disait la pluie, la neige, la nuit, les sentiments de cent façons différentes, avec une richesse et une sensibilité que la modernité a tuées. Tout ce qui est vivant au Japon vient de la voie des femmes.

Il agita son nattō sous le nez de Haru.

— Les femmes sont nos juges. Je ne sais pas ce que tu trames mais tu ferais mieux de ne pas l'oublier.

Or voici que, un an plus tard, le souvenir des paroles de Keisuke se mêlait à celles, la veille, d'Emmanuelle Revers : *Elle appartient à une communauté dont vous devez vous protéger.* Haru rit, confondu par les menées du destin. Les étoiles l'avaient guidé vers ses ancêtres puis vers ses frères et lui montraient maintenant ses juges. Elles avaient pour noms Sayoko, Emmanuelle ou Paule, tutrices bienveillantes d'une enfant dont le destin appartenait aux femmes. Il aimait que Sayoko sût, projetait de s'en ouvrir à Emmanuelle, remettait le sort de Rose entre les mains de Paule. Elles possédaient la même intelligence rêveuse, la même aptitude à l'invisible, la même présence intense qui en faisaient une communauté bienfaisante pour sa fille. À l'inverse, il fallait que Maud, en sa communauté hostile, sorte à jamais de sa vie. Dans ses dossiers et sur les panneaux de bois de son bureau, il retira les photos où elle figurait et appela Manabu Umebayashi en le priant d'en transmettre la consigne au photographe français. Enfin, il fit ce que le tribunal de ses bienfaitrices lui paraissait tout naturellement indiquer : il parla avec Sayoko.

Il lui parla le lendemain, seul à seul, devant la cage de l'érable. Elle apporta du thé et s'assit en face de lui.

— La mère de Rose ne veut pas que je fasse partie de la vie de ma fille, dit-il.

— La Française triste, dit Sayoko.

— Vous vous souvenez d'elle ? demanda Haru.

— Je l'ai croisée dans le vestibule un matin, répondit-elle. Elle portait une robe verte.

Elle décroisa et recroisa ses mains.

— Très belle, très triste, ajouta-t-elle.

— Justement, dit Haru, je suis désarmé face à cette tristesse.

— C'est une malédiction, un tatari, dit-elle. Un kami très puissant ou peut-être un yōkai car je vois un renard. Est-ce un bon ou un mauvais esprit, il faudrait le déterminer.

Elle fronça les sourcils.

— Autrefois, les renards et les hommes vivaient côte à côte, continua-t-elle, alors c'est difficile de savoir. Pourtant, pour agir, il faut connaître la cause mais elle est repartie en France. Comment font les Français pour se purifier ? Si c'est un cycle, il faut le briser tout de suite.

— Comment puis-je être intime avec ma fille si je suis absent de sa vie ? demanda-t-il.

— Intime ? répéta-t-elle comme s'il s'agissait d'un mot sale. C'est mieux d'être absent.

Il en fut interdit.

— Je ne comprends pas.

— La distance conserve le lien, dit-elle. La réalité le brise.

— Mais l'amour requiert une certaine intimité, protesta-t-il.

Elle rit.

— Vous donnerez, dit-elle. Vous donnerez comme les étoiles qui veillent sur nous sans rien attendre en retour.

Il fut surpris de cette entrée des étoiles sur une scène déjà encombrée de renards et d'esprits, et suspecta qu'il s'échangeait entre Sayoko et Keisuke des propos dont il n'était pas averti.

— Et ce que vous ne pouvez pas faire avec une femme, vous pouvez le faire avec une enfant, ajouta-t-elle en se levant.

Il consacra la fin de la matinée à réfléchir à ses paroles. Il se remémorait les événements majeurs de l'année écoulée et sentait une résolution s'affermir en lui. La seule chose qui le sauvera à la fin, c'est qu'il n'aime pas les lignes droites, avait dit de lui Keisuke. Aujourd'hui, sous la houlette des renards et des étoiles, il en entendait le message. Peut-être ne pouvait-il être père qu'à la manière des ensōs et des calligraphies où se reflétaient les courbes et les impasses de sa propre intériorité. Son sens des affaires, son talent pour la réussite, son goût de la séduction et des femmes, son inaptitude à l'intimité expliquaient peut-être qu'il eût désiré Maud et fût prêt à aimer une enfant vers laquelle il ne pouvait aller en ligne droite. Aussi, quelle était la réparation de cette inaptitude ? Au travers des mots de Sayoko, Rose lui offrait la possibilité de réaliser une aspiration native, de faire ce que ni le marchand ni l'amant ne pouvaient accomplir : car, profondément, il voulait donner. Il le découvrit, l'accepta, le considéra avec joie. Il en fit l'étoffe de son identité de père et le porta au point le plus élevé de sa conscience. Il donnerait. Il donnerait sans passer par la voie directe mais il donnerait tout de même. Et si, tout le long de ce chemin du don, il honorait les siens, aimait ses frères et suivait la voie des femmes, il saurait peut-être devenir un père. *La voie des femmes*, se répéta-t-il comme il avait coutume de dire *la voie du thé* et il plaça son destin entre les mains de ses juges.

Longtemps

Ainsi passèrent des années vouées à honorer la voie des femmes, à redouter le cycle des malédictions et à converser avec une absente, la seule forme de don que Haru eût pour le moment à sa disposition. Chaque matin, il se levait, saluait sa rivière et ses montagnes, buvait une tasse de thé, s'entretenait avec Rose, allumait une cigarette et commençait sa journée de travail. Le soir, dans son bain, il reprenait comme tous les pères laborieux la conversation entamée le matin. En réalité, il doutait que beaucoup de pères eussent le même intérêt pour leur fille. La menace de Maud lui confisquait Rose mais lui offrait un espace de liberté dont peu de ses semblables disposaient et, à vrai dire, voulaient. Les enfants appartenaient aux femmes et, à l'exception de Keisuke, Haru ne connaissait pas d'hommes japonais que l'éducation domestique passionnait.

Il observait avec un intérêt particulier la façon dont Beth élevait son fils. Il continuait de la voir souvent, de coucher et de parler affaires avec elle. Leur amitié était fluide, sans enjeu romantique, mais avec tout ce qu'il fallait de sexe pour que chacun s'y sentît satisfait. De plus, si Beth demeurait en partie mystérieuse à Haru, c'était, contrairement à Maud, un mystère qui ne le rendait pas aveugle. Elle ne lui était en partie opaque – quoique doublement désirable – que parce qu'elle était anglaise mais, à part cela, ils se ressemblaient en de nombreux points. Elle emmenait souvent William à ses déjeuners avec Haru et, après un certain temps, cela devint un rituel : chaque vendredi, ils se retrouvaient tous les trois chez Mishima Tei, sur Teramachi, la grande artère couverte du centre. C'était une vieille institution sise dans une ancienne machiya où l'on servait un sukiyaki dont William raffolait. S'asseyait face à Haru un enfant doux et mutique avec de grands yeux bleus ourlés de cils sombres. De sa mère, il tenait son ossature élancée, de son père, ses cheveux noirs, son nez fin et sa carnation japonaise. Grand, délicat, étrange, il était si beau que les passants se retournaient sur lui dans la rue. Ils célébrèrent ses douze ans en le regardant engouffrer ses minces tranches de bœuf gras cuites au saké et au sucre et trempées dans l'œuf cru. Haru appréciait que cette femme dure fût une mère aimante alors qu'elle n'avait pas de goût pour le sentiment amoureux. Elle ne désirait que le corps des hommes et le pouvoir de bâtir des empires et, pour le reste, se partageait entre son amour conjoint pour son fils et pour les jardins zen.

Car Beth Scott, de son nom de jeune fille, avait aimé le Japon au premier regard posé sur le sable du Nanzen-ji puis, au premier regard encore, l'enfant qui lui était né de cette passion japonaise. Haru pensait toujours avec étonnement au mari qu'elle s'était choisi, un homme dénué de qualités sensibles qu'il croisait sans le voir dans certaines réunions d'affaires. Mais il savait que, après sa première nuit avec Beth, Ryū Nakamura lui avait dit : Je t'offre le Japon, le confort et, si tu en veux, des enfants. En retour, tu seras libre mais tu resteras ma partenaire à jamais. Aussi, il n'est pas tout à fait exact de dire qu'il était dénué de toute qualité de même que de croire que Beth Scott l'était de tout attachement. Peu de gens lui plaisaient mais là où d'autres agissaient sous l'impulsion de leurs émotions, elle le faisait sous celle de l'estime et du respect, en quoi son mari l'admirait et par quoi, les deux premières années de leur mariage, les résultats de son commerce immobilier quintuplèrent. Personne n'était dupe mais elle jouait le jeu des apparences, se taisait, tenait tout par-derrière et les Japonais, qui ne l'aimaient pas, la respectaient, ce qui était tout ce qu'elle-même offrait et demandait aux autres.

Il y avait eu pourtant deux moments dans sa vie où Beth ne s'était plus appartenue. Le jour de ses vingt-deux ans, elle s'était trouvée pour la première fois devant le jardin principal du Nanzen-ji. Il pleuvait, elle avait payé à l'entrée du temple, s'était déchaussée, avait emprunté un long couloir sombre puis la scène lui était apparue dans la pleine lumière. Les dix mille kilomètres parcourus, les intuitions diffuses, les désirs informulables, tout prenait sens sous la forme d'un jardin où figuraient quatre arbres, des rochers, de la mousse, quelques camélias, une ou deux azalées et une mer de sable ratissé de vagues. À gauche et en face, des murs lignés de blanc chapeautés de tuiles grises, à droite, la longue galerie extérieure du temple, au-delà, les toits d'autres temples, les arbres des montagnes, le ciel par-dessus les crêtes. Partout, le bruit de la pluie. En Beth, une grève asséchée et désolée s'était recomposée en un paysage de solitude et d'esprit purifié de souffrance. Contemplant le jardin et voyant s'y réfracter et s'y apaiser sa propre scène intérieure, elle avait pensé : Ici, je peux tout affronter. Enfin, le jour de ses vingt-quatre ans – c'était le printemps 1969 –, elle s'était trouvée devant l'autre de ses paysages intimes. La sensation avait été identique : un désespoir invisible, ancré en elle, venait à la lumière et s'y transmuait en joie selon le même pouvoir de transformation qu'elle avait éprouvé devant le jardin du temple. Mais lorsque Ryū vint à la maternité faire la connaissance de son fils, elle lui dit :

— Il s'appelle William.

— Il lui faut aussi un prénom japonais, dit Ryū.

— Comme tu veux, répondit-elle, mais nous ne l'appellerons que William.

Douze ans plus tard, jour pour jour, Haru déjeunait en compagnie de William et de Beth dans la vieille machiya de Teramachi où s'engouffraient dans les interstices des cloisons de papier les soupirs et les fastes d'un siècle d'histoire. Il aimait que Beth fût mère sans attendre de son fils qu'il la fasse exister en retour et s'émerveillait de la voir donner son amour sans réserve. Ils déjeunaient dans une salle privée où une hôtesse les avait laissés devant le réchaud, le nabe en fonte, les tranches de bœuf, les feuilles de chrysanthème, les cives, les oignons, les champignons, le tofu et l'œuf cru battu. L'heure était douce. Le bois grinçait. Les esprits chuchotaient. La charpente du vieux bâtiment disait les heurs et malheurs du siècle écoulé, la pérennité de la culture, sa faculté de s'adapter sans mourir. Au-dehors c'était la galerie couverte avec ses boutiques clinquantes, ses enseignes au néon, sa musique braillarde, son béton sale. Ici on faisait coulisser des cloisons qui avaient connu trois ères impériales.

À un moment, vers la fin du repas, Haru se tourna vers William. L'enfant le fixait avec une intensité inhabituelle, les yeux écarquillés, emplis d'une terreur noire et, dans ce regard d'encre noyée, Haru vit glisser la silhouette d'un fantôme. Le garçon baissa la tête, les tourments disparurent et Haru se servit à boire pour dissiper son trouble. Beth n'avait rien vu.

— Nous sommes heureux ici, dit-elle. Dix ans à Tōkyō, ce n'était pas un si long purgatoire mais, tout de même, il était temps de partir.

William grignotait ses champignons et faisait cuire ses cubes de tofu en chantonnant. Haru s'ouvrit à Beth de ce qu'il voulait acheter un appartement à Tōkyō, las d'aller à l'hôtel alors qu'y prospéraient ses affaires.

— Visitons-en ensemble la semaine prochaine, dit-elle, et elle caressa les cheveux de son fils.

De nouveau dans les prunelles de l'enfant un effroi spectral, de nouveau Beth aveugle et souriante, toute entière à sa tendresse pour son fils. Que se passe-t-il ? se demanda Haru, la gorge serrée, en pensant à Rose. Les ombres peuvent-elles venir si vite dans un cœur d'enfant ? Il se revit soudain au même âge sur la rive de son torrent et, dans cette vision fugace teintée de tristesse, d'ombres et de silence, sentit ramper une menace.

Toutefois, quatre ans s'écoulèrent sans que rien de funeste ne se produise. Pendant ces quatre années, Haru continua de parler à sa fille, se convainquit que le cycle des malédictions était un mirage et continua, pour ses décisions, de s'en remettre aux femmes.

Les photographies et les rapports arrivaient chaque trimestre de France, Rose grandissait et Haru scrutait les traits de cette petite fille rousse et rieuse avec un ravissement mêlé d'étonnement. Rien en elle ne laissait deviner qu'elle eût un père japonais et, hors la couleur des yeux et des cheveux, elle ne ressemblait pas non plus à sa mère. Elle avait un nez mutin et retroussé, des taches de rousseur, un ovale arrondi et un front haut et plat quand celui de Maud était étroit et un peu bombé. Sur une photographie, il la vit emmitouflée dans un petit manteau orange, un bonnet vert enfoncé jusqu'aux yeux, des mèches rousses voletant autour de ses joues, le minois réjoui, résolu au bonheur. Il y avait là un tel démenti de la prédiction des malédictions qu'il regardait chaque jour le cliché comme on effleure un talisman de la main. Sur un autre, le nez levé vers Paule, elle dévisageait sa grand-mère avec intensité et il s'étonnait de se reconnaître en elle par-delà les continents et en dépit des adversités du destin. Elle possédait le même charme né du mariage de la ferveur et de la légèreté qu'il se savait posséder. Elle radiographiait la vie avec le même appétit que le garçon qu'il avait été. Elle observait, disséquait, désirait tout, de l'exacte façon dont il était entré dans le monde pour le dévorer. À ses côtés, Paule battait des mains, souriait, chantait et parlait à sa petite-fille avec une joie si communicative que, parfois, découvrant les photos, Haru riait de bon cœur. Que le sort de sa fille reposât entre ses mains le rassurait, d'autant que si Maud ne figurait plus sur les clichés, les rapports le disaient : elle restait assise tout le jour dans la véranda et, par intermittence, pleurait. Mais Rose vivait et Haru continuait, le matin et le soir, de lui parler de sa rivière, de ses frères et de ses ancêtres lointains. Il lui racontait Takayama et Kyōto, les montagnes d'ici et de là-bas, les étapes de la fermentation du saké, l'importance des renards. Il lui expliquait son travail, lui faisait part de ses goûts et de ses dégoûts, lui dévoilait les rouages et les astuces du métier. Ce faisant, il se découvrait comme il ne s'était jamais perçu, multiple, composé, relié à la galaxie de ses pères. Enfin, il allumait une cigarette avant de s'en retourner à sa vie japonaise.

Juchée sur cet équilibre relatif, la vie fila jusqu'à l'année du grand commencement. Les affaires marchaient si bien que, par l'entremise de Beth, il avait acheté un grand appartement à Tōkyō. Il se rendait deux ou trois fois par mois dans la capitale, y

organisait des dîners de presse, des expositions éphémères et des fêtes chez une connaissance qui possédait un immeuble à Ginza. Il y rencontrait des
femmes, des hommes qui devenaient ses amis et
tout un tas de gens qui enrichissaient son réseau. Il
y passait des jours festifs et studieux et y réussissait
à merveille. Mais quand il revenait à Kyōto et retrouvait son foyer, ses temples et ses montagnes, il se
sentait renaître. Il renouait sous les ors de la réussite avec l'homme qui avait précédé le marchand.
Il rentrait dans la maison de la Kamo-gawa et ressor-
tait en quête de ses amis. Il apercevait Keisuke au
fond d'un bar et se savait au centre de sa vie.

Il correspondait de temps à autre avec Emmanuelle Revers dont il avait espéré qu'elle reviendrait
au Japon et à laquelle il attendait de pouvoir parler de Rose. Trois ans après leur première rencontre,
elle lui écrivit qu'elle donnerait au printemps une
série de récitals à Nagoya et Tōkyō. Mais je vien-
drai vous voir à Kyōto, disait-elle à la fin de la lettre,
et nous marcherons ensemble sous les cerisiers de
Shinnyo-dō. Ensuite, il n'entendit plus parler d'elle
et apprit de Tomoo que les concerts avaient été
annulés. Une semaine plus tard, il reçut une lettre
dont il lui fut difficile de déchiffrer l'écriture trem-
blée. Je suis malade, expliquait-elle, et je sais contre
les médecins que cela me sera fatal. Il répondit
qu'elle se trompait sûrement, qu'il pensait à elle et
qu'elle reviendrait bientôt au Japon. Dans sa propre réponse, elle le remercia et elle ajouta : Mourir
ne me soucie pas mais lorsque je ne serai plus là,
qui se souviendra de mon petit garçon ? Après cela,
il n'eut plus de nouvelles du tout, s'inquiéta, appela

Manabu Umebayashi qui l'informa qu'Emmanuelle Revers ne sortait plus de chez elle et ne recevait plus de visites. Enfin, un jour, sans que personne n'en ait vu venir l'orage, arriva l'année 1985 et tout ce qui avait été annoncé commença.

1985 – l'année des quatre morts. Haru apprit la première par Tomoo l'après-midi du 3 janvier où il n'avait pas prévu d'aller à Shinnyo-dō mais, mû par une impulsion de dernière minute, était sorti sous la neige, avait hélé un taxi et s'était fait déposer devant le voilier au moment où la nuit tombait. Tomoo l'accueillit en lui disant : Emmanuelle Revers est morte et il ajouta : Isao est malade. Malade comment ? demanda Haru mais Tomoo ne répondit pas, le fit entrer et le mena dans la pièce des fêtes et du saké où son unique amour, allongé dans un fauteuil, éprouvait une grande douleur. Les joues creusées, l'œil éteint, il respirait avec peine. Son beau visage, jeune le jour d'avant, était envahi de vieillesse. Il fut malade une semaine et il mourut. À l'hôpital se succédaient les amis, Tomoo ne quittait pas son chevet, il n'y avait rien à faire, seulement à le regarder s'éteindre. Le 10 janvier au matin, Haru vint dans la chambre et y trouva Tomoo agenouillé sur le sol, les yeux fermés, les mains posées sur les cuisses. Il s'agenouilla à ses côtés, ils restèrent là ensemble dans le faux silence des moniteurs, se relevèrent, virent qu'Isao était mort. Tomoo ne cilla pas, ne pleura pas, ne dit rien et Haru fit de même. Ils considérèrent le corps supplicié de celui qui avait été si joyeux et si beau puis une infirmière vint, puis le médecin, puis d'autres encore – ils sortirent de la chambre.

La veillée funèbre se tint chez les parents d'Isao, à Arashiyama, de l'autre côté de la ville. Le moine, indifférent et sénile, ânonnait son sūtra, l'endroit était lugubre, la famille muette et réprobatrice sans que l'on sût si cela tenait à la mort ou à la présence des amis d'Isao. La maison donnait sur la rivière Katsura à l'endroit où, large et pierreuse, elle ressemble à une étendue lunaire. Le jardin était mal entretenu, il faisait humide et sombre, tout sentait la petitesse et l'ennui. Les visiteurs remettaient leur enveloppe d'offrandes tandis qu'Isao reposait, les traits méconnaissables, au milieu de ce marécage. Les funérailles, le lendemain, furent à l'avenant et Tomoo, faisant ce qu'on attendait de lui, s'y présenta comme le colocataire du défunt. Il plaça une fleur dans le cercueil ouvert et partit sans se retourner. Le soir même, à Shinnyo-dō, se réunit une nombreuse compagnie.

Il y avait là les amis de toujours, les collègues du théâtre où Isao était régisseur et une quantité astronomique de saké. Un de ses frères, le seul que Tomoo eût jamais fréquenté, les rejoignit alors que débutait une alternance de boisson et de discours qui promettait de durer toute la nuit. On buvait, quelqu'un se levait et parlait, on buvait de nouveau, quelqu'un d'autre se levait et parlait à son tour. Tomoo, affalé dans le fauteuil où avait souffert son grand amour, écoutait tout le monde sans boire. Les

comédiens et les techniciens racontaient des anecdotes de scène, les amis des anecdotes d'amitié et
chacun était ivre de saké et de peine. À un moment,
Keisuke s'adressa au frère d'Isao.

— Alors, Ieyasu, tu crois en la vie idéale ?

Bien sûr, l'autre était trop soûl pour répondre.

— Elle n'existe pas, dit Keisuke. Ne juge pas trop
sévèrement tes parents et tes frères, ils croient en
ce qu'on leur dit de faire plutôt que de faire ce en
quoi ils croient et tant d'autres encore sont comme
eux. Mais Isao, lui, ne croyait qu'en l'humanité et,
pour cette raison, il était de ces hommes avec lesquels une vie idéale est possible.

Il y eut des murmures d'assentiment et Tomoo,
enfin, but quatre coupes d'affilée. Vers vingt-deux
heures sonna à la porte du voilier Jacques Melland
accompagné d'un très jeune homme qui arbo-
rait la même lavallière noire que lui. Il offrit ses
condoléances en japonais à Tomoo et dit en désignant son fils :

— Je voudrais qu'il apprenne.

Le garçon se présenta dans un japonais hésitant :
Il s'appelait Édouard, il était enchanté et il ajouta
en anglais qu'il était désolé pour Isao.

— Quel âge as-tu ? demanda Tomoo.

— Seize ans, répondit-il.

Par la fenêtre, sous le lampadaire, on voyait le cerisier laqué d'hiver et de nuit. À mesure que le temps
passait, des invités s'endormaient sur les tatamis,
d'autres s'en allaient et, à un certain point, ne furent
plus à causer et à boire que les deux Français et le
trio des amis japonais. Au début, on fit effort pour
parler anglais mais, le saké aidant, on se remit au
japonais et Haru, le seul qui en était encore capable,

traduisit pour Jacques – qui comprenait assez bien – et Édouard – qui ne comprenait rien. Même Tomoo flanchait un peu et, vers minuit, fit répéter deux fois à Jacques sa question sur la mort d'Isao.

— Une maladie fulgurante, répondit-il quand il eut compris. L'enfer est juste à côté, on y tombe en traversant un banc de brume.

Keisuke, qui ronflotait, redressa la tête.

— L'enfer ? dit-il. Je n'ai eu qu'une heure pour vivre et pourtant il m'est interdit de mourir. Mon destin est de survivre aux miens et je suis là comme un con à attendre que vous mouriez tous.

Il rota, se resservit à boire.

— Mais toi, ajouta-t-il en regardant Tomoo, ton destin est différent.

Haru traduisit pour Jacques et Édouard.

— Ah, dit Jacques, c'est ce que j'avais compris. Moi, je mourrai avant les miens mais l'heure aussi est passée et il ne me reste plus qu'à tuer le temps.

Il se tourna vers son fils.

— Je t'aime, dit-il, mais, tu comprends, je parle de ma vie d'homme.

— En quoi le destin de Tomoo est-il différent ? demanda Édouard.

Haru posa la question en japonais à Keisuke.

— Tochan ? dit Keisuke. Il a de la chance, c'est tout. Il vivra d'autres amours.

— Vous êtes le maître de la chance ? demanda Édouard.

— Ben oui, dit Keisuke.

— Vous pouvez me dire si j'en ai ?

Keisuke rigola.

— Je ne suis pas médium, dit-il, je ne vois pas sur commande.

— Alors vous êtes quoi ? demanda Édouard.

— Poète, répondit Keisuke.

Ensuite, la soirée fila sans que personne ne sache plus vraiment tenir conversation et Haru, seul, continua de parler avec Édouard.

— Sais-tu ce que tu veux faire de ta vie ? lui demanda-t-il.

— Je vais reprendre la boutique, dit Édouard. Mais d'abord je vais étudier l'art et les langues orientales.

— Tu aimes le commerce ? demanda Haru.

— Oh, dit Édouard, pas vraiment mais c'est un moyen, n'est-ce pas ?

— Un moyen de quoi ? s'enquit Haru.

— D'être ici, répondit-il.

Il balaya la pièce du regard.

— Je n'aurais jamais pensé que je comprendrais un jour quelque chose à mon père.

Et, désignant Tomoo :

— Je n'aurais jamais soupçonné non plus que mon père pourrait me comprendre. À l'évidence, nous vivons sur des planètes différentes sauf quand nous sommes au Japon.

— Ce n'est pas si mal, dit Haru puis, d'un ton dégagé : Tu connais notre amie commune, Maud Arden ?

— Maud ? dit Édouard. Elle a eu une fille et elle est partie se cloîtrer chez sa mère. Mon père l'aime bien, je ne sais pas trop pourquoi. Je crois qu'elle est folle, je plains sa fille, en fait.

— Folle ? répéta Haru.

— Je veux dire : qui se retire du monde à trente ans, à part les moines et les fous ?

À trois heures, Jacques et Édouard prirent congé, Keisuke ronflait sur les tatamis en compagnie de quelques autres, Tomoo reposait dans son fauteuil, les yeux mi-clos. Haru sortit dans la nuit froide et monta les escaliers en direction du temple. Il faisait clair, les lanternes de pierre projetaient dans la cour de longues ombres effilées, le gravier brillait. Ce qu'Édouard lui avait dit – au Japon, mon père et moi nous comprenons – offrait à Haru une perspective nouvelle sur sa relation à sa fille. Il voulait donner et, jusqu'à cette nuit, avait considéré que cela consistait à parler à Rose et, plus tard, à lui transmettre ses biens. À cette idée, il rit en projetant un petit nuage de vapeur devant lui. Prenant le chemin de Kurodani, il serpenta entre les tombes jusqu'à atteindre le haut du grand escalier. De la ville déployée à ses pieds montaient une rumeur assourdie et des hurlements de sirène. À gauche, au loin, on voyait la tour d'observation, le plus haut bâtiment d'une cité épargnée de gratte-ciel, avec sa dégaine de champignon d'acier, son pied blanc et sa plateforme circulaire rouge vif. Au centre, les fenêtres de l'hôtel Okura, la deuxième plus haute construction de Kyōto, lançaient dans la brume légère de petits halos de lumière. Au loin et à droite, venant lécher l'à-pic des montagnes, se répandaient les immeubles de la ville moderne. Çà et là, égarés dans cet océan de béton, les toits des temples se détachaient comme des phares. Tout le reste baignait dans une aura de néon. Haru contempla longtemps ce mélange de laideur et de grâce.

Comprendre les vivants, au demeurant, était la tâche à laquelle ses trente-six ans le vouaient puisque, autour de lui, les humains ne cessaient de mourir et qu'il fallait prendre soin de ceux qui restaient.

Le troisième à tirer sa révérence après Emmanuelle et Isao fut, à quarante ans, Ryū Nakamura, le mari de Beth. Le 20 janvier – le jour de l'anniversaire de Haru –, il s'effondra vers midi sur le sol d'un chantier et les secours ne purent que constater sa mort. Beth l'attendait dans un restaurant voisin où ils devaient se rejoindre pour le déjeuner. Elle vit arriver le bras droit de Ryū, son sang reflua de son visage et se réfugia dans ses pieds. Quand il lui dit : Nakamura san a eu une attaque, elle se laissa tomber sur sa chaise, étreinte d'un soulagement infini et, quelques jours après, confia à Haru : J'ai cru que c'était William. Les funérailles furent imposantes et Beth ne ménagea pas sa peine pour contenter l'opinion japonaise en se pliant aux usages, rendant un hommage sincère à son mari et préparant l'avenir de l'entreprise. William se taisait de même qu'il se taisait toujours dans leurs déjeuners de Teramachi et, en général, dans la vie. Il était si beau que cette beauté broyait le cœur, on redoutait qu'elle fût brisée comme on le craint de toute œuvre parfaite. Parfois, il avait de ces regards sombres auxquels Haru s'était accoutumé mais aucun n'égalait la noirceur de celui, noyé de terreur, du jour de ses douze ans. Ses yeux très bleus avaient pris, dans l'adolescence, une texture cristalline et on ressentait que l'intensité, à son point extrême, était devenue transparence. À cette grande beauté, sa haute silhouette, ses cheveux noirs et sa peau de riz ajoutaient une élégance singulière qui fascinait toujours les passants. Mais lui, quoiqu'il advînt, impassible et mutique, semblait n'entendre et ne regarder que sa mère. Avec elle, il s'exprimait en anglais même si, pendant leurs déjeuners chez Mishima Tei, il parlait aussi le japonais. Haru avait remarqué qu'il paraissait moins triste quand il usait de la langue de son père et, aux funérailles, le vit plus à l'aise dans sa peau nippone qu'il ne le connaissait dans ses vêtements britanniques. Toutefois, quel que soit l'idiome, William demeurait un mystère.

Quelques jours passèrent sans autre coup de semonce puis ce fut le 13 février et Sayoko, en milieu d'après-midi, dit : Il y a quelque chose de bizarre dans l'air. Le soir, Haru dîna avec Keisuke et Tomoo dans un restaurant de sobas sur Shirakawa, la grande artère en contrebas du voilier. Là, ils burent raisonnablement, après quoi ils s'en allèrent réparer cette demi-mesure dans un bar du centre où l'on servait du vin français, le premier de son genre à Kyōto. Bof, déclara Keisuke après un verre de bourgogne facturé un prix faramineux. Ils commandèrent un grand bordeaux qu'ils sirotèrent en dodelinant de la tête – ça ne vaut pas un bon saké, dit finalement Keisuke – et migrèrent vers un de leurs bars de prédilection où l'on servait des sakés rares pareillement hors de prix. Après deux heures festives, Haru eut une sensation dont il attribua la cause à l'alcool : le monde se retirait comme, avant un tsunami, la mer sur le rivage. Il voyait rues et bâtiments aspirés par un vortex invisible et emmenés très loin sans qu'il pût les retenir. Au même instant, Keisuke, parlant de Tarō, son fils aîné, dit : Il fait de la plongée à Okinawa, la jeunesse d'aujourd'hui est idiote, à son âge j'allais chercher de la terre à raku dans les montagnes. Tomoo prit un taxi pour Shinnyo-dō, Keisuke et Haru rallièrent à pied la maison de la Kamo-gawa. Le marchand était passablement éméché mais il marchait droit et ne bafouillait pas – il soutint Keisuke, le traîna jusqu'au sofa bas de la grande pièce et l'y jeta avant de rejoindre sa chambre.

Il s'éveilla envahi d'un sentiment de malheur et de pluie. Dans la salle de l'érable, Sayoko planifiait ses courses en surveillant Keisuke du coin de l'œil. Le potier ronflait, la tête écrasée dans un coussin, une jambe pendante, l'autre dénudée, le pantalon remonté jusqu'au genou. Il pleuvait et les montagnes de l'Est disparaissaient sous des salves continues de brouillard. On sonna, Sayoko alla au vestibule et en revint les bras chargés de branches de cerisier. Haru la regarda disposer les rameaux dans un grand vase d'argile aux flancs crevassés. Ses gestes étaient chirurgicaux, dénués d'hésitation, commandés, ainsi que tout ce qu'elle faisait, par le souffle d'un savoir millénaire. Elle acheva son arrangement, Keisuke ouvrit les yeux et s'exclama :

— Ah ! Ce vase n'est pas mal !

Haru rit.

— Le potier non plus.

— Il est de moi ? demanda Keisuke.

— Il est de toi.

Ils devisèrent en prenant le thé et fumant. Vers onze heures, Sayoko, qui allait et venait dans la maison, s'immobilisa devant la baie qui donnait sur la rivière. Elle parut scruter le magma gris du paysage et porta une main à sa poitrine.

— Tout va bien ? lui demanda Haru.

— Je ne sais pas, dit-elle.

Il se leva, inquiet.

— Non, dit-elle, moi ça va.

Elle tourna les talons et s'en alla aux cuisines, Haru et Keisuke se regardèrent.

— Je n'aime pas ça, dit le potier, tu sais qu'elle a un don de voyance ?

— Tu railles la religion et tu crois aux dons de voyance ? s'amusa Haru.

— Je crois aux humains et à leurs talents, rétorqua Keisuke.

Vers midi, ils quittèrent la maison et Haru alla prendre le train pour Tōkyō. La fin de l'après-midi se passa en rendez-vous d'affaires et, le soir, il donna un dîner franchement arrosé durant lequel se conclut l'une des ventes les plus importantes de sa carrière. Il rentra à l'appartement de Hongō vers trois heures. Le téléphone sonnait. Il décrocha et entendit la voix de Sayoko lui dire : Tarō san s'est tué. Tué ? répéta Haru sans comprendre. À Okinawa, sur l'île Zamami, dit-elle. Un accident de plongée. Sa voix était froide, mécanique. Après un silence, elle ajouta : J'aurais dû savoir. On ne peut pas, dit

135

Haru et, après un nouveau silence : Je prends le prochain train.

Il attrapa le Shinkansen de cinq heures et fut à la
maison avant huit. Sayoko lui ouvrit la porte. Dans
la pièce de l'érable, il trouva Keisuke, assis, le dos
appuyé à la cage de verre.

— Mourir à seize ans à Zamami : le destin s'y
connaît en cruauté, dit le potier.

Haru s'assit à côté de lui.

— C'est là que j'ai aimé Sae.

Il prit la cigarette que lui tendait Haru.

— Le destin massacre ses branches, continua-t-il.
Qu'est-ce que tu vas trouver cette fois pour me consoler ?

Haru ne dit rien.

— Ils rapatrient le corps aujourd'hui, reprit Keisuke, Nobu arrive ce matin. C'est très beau, la plage
de Furuzamami, tu sais.

Il aspira une longue bouffée.

— Le pire, dit-il, c'est qu'il va de nouveau falloir
supporter les moines. L'encens, les moines, les sūtras,
les offrandes à la con dans leurs belles enveloppes et
encore les moines.

Durant la veillée, Hiroshi, le frère de Keisuke,
officia avec dignité. Aux funérailles du lendemain
se rendit une marée humaine – ils viennent pour
toi, pour Nobu, pour Tarō, pour Sae et pour Yōko,
dit Haru à Keisuke. Le potier le considéra d'un œil
inexpressif puis se mit à sangloter avec un désespoir
si déchirant que Haru l'emmena à côté, hors de la
vue de son dernier fils, où il pleura longtemps dans
le silence de l'amitié. À la fin des funérailles, il prit

la parole et, selon l'usage, remercia les présents. Il avait les yeux secs, les épaules courbées, il parlait avec délicatesse en regardant Nobu, le seul survivant de la fratrie.

— Tant que tu es là, je désire vivre car les absences me broient mais ta présence me comble, dit-il. Sache que si j'étais seul, j'appellerais les puissances de la mort et je leur dirais : Je ne vous redoute pas. Mais je ne suis pas seul et si la vie n'offre plus qu'une heure de ferveur, je veux que nous la vivions ensemble.

Quelques jours plus tard, un soir, Haru, Tomoo et Keisuke se retrouvèrent dans le voilier de Shinnyo-dō où Tomoo servit du saké qu'ils sirotèrent en grignotant des senbeis. Ils se taisaient, on n'entendait que le craquement des biscuits et le son des coupes que l'on repose sur la table. Après une heure, Tomoo se leva et alla mettre un disque sur sa platine.

— Ella Fitzgerald et Joe Pass, dit-il. La chanson a été écrite par eden ahbez. Des années plus tard, il a perdu son fils Tatha, par noyade, à vingt-deux ans.

Ils écoutèrent le morceau, Haru répéta les paroles en anglais et traduisit au fur et à mesure pour Keisuke.

There was a boy
A very strange enchanted boy
They say he wandered very far, very far
Over land and sea
A little shy and sad of eye
But very wise was he
And then one day
A magic day he passed my way
And while we spoke of many things
Fools and kings

This he said to me
"The greatest thing you'll ever learn
Is just to love and be loved in return"

— Ah ! dit Keisuke. L'amour ! Que crois-tu ? C'est l'amour qui nous tue !

Mais il regardait Tomoo avec reconnaissance. Ils burent encore et il dit :

— Haru m'a offert son silence, tu m'offres cette chanson.

Et la soirée passa entre ténèbres et lumière. Dans les mois qui suivirent, Keisuke exécuta une série de poteries et de calligraphies magnifiques et Haru organisa à Kyōto et à Tōkyō deux expositions qui eurent un grand succès.

— Malgré tout l'argent que tu me prends, je deviens riche, dit Keisuke, tu es un enfoiré de marchand mais tu travailles vraiment bien.

Parallèlement à sa vie d'affaires, Haru continuait de mener sa vie secrète de père et, bientôt, Rose eut neuf ans. Certaines photos au téléobjectif la montraient à l'extérieur de la propriété, à pied ou à vélo, petite exploratrice hilare et hors d'haleine, merveilleusement vivante. Un matin, rompant le pacte qu'elle semblait avoir fait avec elle-même, Sayoko s'arrêta devant l'une d'elles. C'était janvier, il neigeait, Haru, qui fumait dans son bureau en lisant un rapport d'activité, leva le nez et la vit postée devant le cliché. Rose y riait aux éclats, le bonnet de travers, en tenant quelque chose dans ses bras. L'image, prise de loin, ne permettait pas de distinguer l'objet. Derrière la fillette, dans la véranda, on devinait une silhouette floue.

— Un chaton, dit Sayoko puis, après un temps d'arrêt : Et une ombre.

Haru s'inquiéta de ces derniers mots mais les mois filèrent sans autre alerte et, un jour, ce fut le dixième anniversaire de Rose. Il faisait incroyablement beau et doux pour un 20 octobre – souligna l'investigateur – et les photos la dévoilèrent en manteau, au jardin, devant un gâteau piqué de bougies. Rompant avec les consignes, sans doute par mégarde, figurait un cliché de Maud assise à sa droite, maigre et tassée, qui souriait. Haru fut si déconcerté par ce sourire qu'il n'en dormit pas de la nuit. Il ouvrait une perspective qu'il avait mis des années à refermer. Il lui murmurait : Et si ? Il chantonnait une petite mélodie lancinante – et si ? et si ? et si ? – qui l'accompagna tout le jour. Il travailla, alla à l'entrepôt, donna des coups de fil, bercé par la litanie. À dix-sept heures, il prit une longue inspiration et s'apprêta à appeler Manabu Umebayashi à Paris mais, à l'instant où il tendait la main vers le combiné, le téléphone sonna. C'était Yasujirō, l'ancien bras droit de Ryū Nakamura devenu celui de Beth. Il dit seulement : Il faut que vous veniez à Ichijo. Maintenant ? dit Haru. Maintenant, répondit-il.

Haru sortit, héla un taxi et prit la direction du palais impérial. Quand la voiture, laissant l'enceinte obscure derrière elle, tourna dans Ichijo, la rue où habitaient les Nakamura, il vit au loin des lumières de gyrophares. Yasujirō l'attendait devant l'immeuble, le visage si défait qu'il le reconnut à peine. À côté, il y avait des voitures de police et une ambulance s'éloignait. Beth ? demanda Haru. William, dit Yasujirō. Haru le suivit jusqu'à l'appartement, ils croisèrent des policiers, la mine sombre, qui s'en allaient. Les Nakamura occupaient l'ensemble du dernier étage, les grandes baies du salon surplombaient tout le sud de la ville. Au loin, on voyait la gare et sa tour champignon, à gauche les temples le long des montagnes de l'Est, à droite celles de l'Ouest que le crépuscule noyait de velours sombre. Sur un canapé était assise Beth qui leva les yeux vers lui, des yeux durs que la souffrance rendait noirs. Elle lui fit signe de s'asseoir en face d'elle, sur un autre sofa, et Yasujirō quitta la pièce en murmurant : Je serai dans le bureau.

— Parle-moi, dit Haru, je ne sais pas ce qui s'est passé.

Elle fit un signe de la main qui signifiait : Attends, et il attendit.

— Il voulait partir, dit-elle finalement.

Elle eut un rire bref, atroce.

— Partir ? demanda Haru.

— Il s'est suicidé.

Haru regarda Beth et, par-dessus son épaule, les montagnes où scintillaient les lumières artificielles de la nuit. Il ne ressentait rien. Quel était le prénom japonais de William ? se demanda-t-il et la vague de tristesse et d'effroi le cueillit.

— Reste où tu es, dit-elle, si tu viens près de moi, je vais sombrer.

Elle se passa une main sur le front.

— Comment peut-on aimer et être aveugle à ce point ?

Elle désigna de la main une feuille de papier posée devant elle.

— *Je pars,* dit-elle. Il a seulement écrit : Je pars.

Elle avala péniblement sa salive.

— Il n'y aura pas d'autre explication. Je ne sais pas si je peux y survivre. Je ne sais même pas si je peux pleurer.

— Tu pleureras plus tard, dit Haru, mais pour le moment il y a beaucoup à faire, repose-toi sur moi.

— C'est ce que je voulais te demander, dit-elle. Occupe-toi de tout, je m'occuperai de moi.

Il s'occupa de tout. Aux funérailles, Beth ne pleura pas, reçut les condoléances avec calme. Quarante-neuf jours après, il l'accompagna au cimetière pour y déposer l'urne dans le caveau des Nakamura. À côté des noms de Ryū et de William, elle avait fait graver le sien en caractères rouges.

— C'est une pratique qui se perd, dit-il.

— J'ai bien pensé à me tuer mais si je meurs, qui se souviendra de William ? Alors je fais écrire ma volonté de le rejoindre sans mourir.

— La douleur est partout, on ne peut y échapper, dit-il. Mais, parfois, en certains lieux, en certaines présences, tu deviendras une autre femme qui pourra de nouveau respirer.

Elle le regarda, il vit que cela lui faisait du bien et dit encore :

— Je le tiens d'une autre femme remarquable.

Et, à part lui, il ajouta : D'une autre étrangère.

Le lendemain, Beth alla seule au Nanzen-ji. Elle paya à l'entrée, se déchaussa, mit les affreux chaussons de faux cuir du temple et remonta la galerie obscure jusqu'au jardin principal. Il avait neigé toute la nuit et le ciel était pâle. L'extrême beauté de la scène lui fit battre le cœur comme ce noir et blanc d'arbres et de toits enneigés dévoilait différemment le lieu. Par ces formes pures – le sable lissé de blancheur, la nudité des branches, la pente poudrée des tuiles – se disaient la grâce et la souffrance, l'amour et la désolation. Elle sentit son corps se dissoudre et son esprit accéder à un endroit – ailleurs – où pour la première fois depuis la mort de William elle pouvait respirer. Cela dura un long moment puis elle s'agenouilla sur le sol de bois et pleura à gros sanglots salvateurs. Quand elle se releva, apaisée et vidée, la douleur reparut, intacte et cruelle – mais je peux revenir ici autant que je le veux, pensa-t-elle et elle s'en alla. Elle appela Haru, lui raconta sa matinée, il raccrocha et médita ce qu'elle lui avait dit.

Depuis son dixième anniversaire, les photos montraient Rose sous un jour nouveau. Elle ne souriait ni ne riait plus et Paule, à ses côtés, avait l'air soucieux.

Les clichés arrivaient de France, dévoilant une fillette de plus en plus maussade que seule la présence de son chat semblait parfois dérider. Noël avait paru triste, sans photographies triomphantes, cadeaux en main, dans le jardin enneigé, et l'envoi du premier trimestre de 1990 en avait confirmé l'augure. Haru regardait les clichés, ne pouvait s'empêcher de penser à William et dormait mal, hanté de cauchemars et de réveils tourmentés. En février, il alla à Takayama rendre visite aux siens. La maladie de son père était demeurée la même, il ne perdait pas plus la tête qu'auparavant, une curiosité pour les médecins qui avaient prédit une dégradation continue – ça se gère, répondait Naoya chaque fois que Haru l'interrogeait sur la marche du commerce. Cet hiver-ci ne fit pas exception, il arriva en fin de matinée, passa un peu de temps à la boutique avec son frère à causer de tout et de rien et prit la route de la maison familiale. Il y trouva ses parents d'humeur plutôt joyeuse et, à un moment où son père était sorti chercher du bois, sa mère lui dit : Il lève le pied, c'est bien. Ils déjeunèrent d'un donburi de poulet arrosé de saké chaud. À la fin du repas, Haru demanda quel enfant il était à dix ans, son père se leva, sortit de la pièce et en revint avec un carré de papier. Sur le cliché vieux de trente ans, Haru se tenait sur la rive derrière la maison, le buste à demi tourné vers l'objectif. À l'arrière-plan, on voyait le torrent, les pins gelés, la grande pierre recouverte de sa coiffe hivernale.

— Prise le matin de tes dix ans, dit son père et il rit en ajoutant : Tu avais eu une bicyclette et tu voulais aller à Takayama.

Il paraissait heureux de ce jour dont Haru avait un souvenir gris. Il scruta l'image jaunie.

— Je peux la garder ? demanda-t-il et sa mère acquiesça.

Sur la route du retour vers Takayama, il s'étonna de la présence d'esprit de son père – il est ici et ailleurs, se dit-il, il navigue entre les deux mondes mais nous ne parvenons pas plus à communiquer qu'au jour de mes dix ans. Les cimes ensoleillées lui donnaient l'impression de vouloir le chasser, il monta dans le train pour Kyōto où il arriva tard, prit un bain, se coucha et s'endormit d'un sommeil agité de rêves où dominait un sentiment de tendresse et d'échec. À l'instant où il s'éveilla, il eut la vision d'un renard immobile sur une glace étincelante puis tout retourna au néant et il alla à la pièce de l'érable où Sayoko, sortant des cuisines en kimono crème, lui porta du thé. En silence, il lui tendit la photographie.

— Volcano boy, dit-elle après l'avoir observée. Même regard.

Que Rose, aussi rousse et française qu'elle fût, lui ressemblât ne le réconfortait pas. Si donner c'était comprendre, alors il ne comprenait ni ne donnait rien et, de surcroît, ne pouvait parler de Rose et de sa transformation à quiconque. Quoique juge et guide sur la voie des femmes, Sayoko n'était pas une confidente, ils se comprenaient mais ne s'accordaient pas, leurs étrangetés différaient trop pour qu'ils puissent discuter librement. Sans en avoir jamais vraiment questionné la raison, il lui était impossible de se confier à Tomoo ou à Keisuke et la mort de William avait éclairé pourquoi il s'était toujours tu avec Beth. Il continuait de la voir régulièrement mais ils ne couchaient plus ensemble. La tragédie les avait éloignés charnellement cependant que leur amitié, inchangée, avait pris des accents sombres qu'il retrouvait dans les autres facettes de sa vie, comme si quelque chose en lui avait effectué une translation infime et déréglé insensiblement mais sûrement le cours de ses jours. C'est à cette époque que devint sa maîtresse une Japonaise qui rentrait de dix années passées à l'étranger auprès de son mari diplomate. Avec elle, il découvrait une façon de faire l'amour, fiévreuse et tendue, qu'il ne se connaissait pas. À l'exception de Maud en sa passivité froide et obscure, le sexe avait toujours été pour Haru un jeu amusant et léger. Il aimait séduire et faire jouir et y voyait une sorte de miracle aussi peu dramatique qu'une soirée au saké. Il arrivait que certaines de ses maîtresses deviennent des amies et qu'ils parlent avec une liberté qu'elles n'avaient ni avec leurs maris ni, souvent, avec leurs propres amies mais, même alors, il savait garder au sexe sa légèreté et son charme sans lendemain. Emi, à l'inverse, était entrée dans sa vie et dans son lit avec une soif qui ne laissait pas de place au badinage amical. Elle le voulait et l'entraînait dans une spirale passionnée dont il ne pouvait dire ce qui, de la force de son désir à elle ou de l'assombrissement de son esprit à lui, la maintenait à flot, mais il sentait que le cycle des malédictions rendait possible ce que, autrefois, il eût mis à distance. Un soir, alors qu'elle était face à lui dans le grand bain, nue, offerte, intense, il eut l'impulsion brûlante de lui parler de Rose. C'était l'été, le chant des cigales avait des stridences de sirène, Emi le regardait avec ce mélange de désir et de compassion qui se tient si près de l'amour et il fut tenté – mais par quoi ? se demanda-t-il, effrayé par l'immensité

146

de ce qu'il s'apprêtait à faire. Elle perçut son hésitation et se rapprocha. Il étudia ses lèvres fines et eut tant de désir pour elle qu'il la pénétra dans l'eau, la serra étroitement contre lui, avide d'adhérer à tout son corps, épuisé, à la fin, par cette étreinte désespérée. Plus tard, dans la chambre, ils allumèrent une cigarette et elle s'assit le dos appuyé à la cloison, les jambes croisées devant elle.

— Parle-moi, dit-elle.

Il ne le put pas. La semaine suivante, ils se trouvèrent dans une réception officielle où Haru était venu accompagné de Keisuke et Emi de son mari. Elle se tenait dans les salons de l'hôtel Okura et Haru y employa son temps à distribuer des cartes et entretenir son réseau. Au bout d'une heure, Keisuke, gentiment saoul, avait trouvé refuge dans un fauteuil où il ronflotait discrètement. À un moment, il ouvrit les yeux et vit devant lui Emi qui regardait Haru. Quelques jours après, les deux hommes déjeunèrent dans un nouveau restaurant de tonkatsu sur Sanjō, dans la galerie couverte.

— Alors cette femme ? lui dit Keisuke.

— De quoi parles-tu ? demanda Haru qui savait très bien de quoi il parlait.

— De la possibilité de l'amour, si toutefois tu veux bien l'accepter.

Haru ne répondit pas, ils finirent leur porc pané et leur chou arrosé de sauce au yuzu et sortirent dans la galerie marchande. Elle se terminait à trente mètres et, au-delà, Sanjō-dori, son béton et ses enseignes lumineuses s'étiraient jusqu'aux pentes arborées des montagnes de l'Est. Dans le halo de chaleur de l'été, la laideur urbaine semblait plus sale encore et les versants, fades et compacts, ne laissaient pas passer de lumière. La forêt boudait, sombre et morose, striée des offenses au néon de la cité moderne. Ils regardèrent en silence ce mélange d'ancien et de nouveau Japon avant de se dire au revoir. Haru rentra chez lui à pied le long de la rivière en croisant des coureurs, des promeneurs, des cyclistes et des mères qui poussaient des landaus. Les herbes folles des berges, brûlées par l'été, inclinaient vers l'eau leurs plumets, la rivière coulait, indifférente et claire. Il arriva chez lui, se déchaussa, alla prendre une douche et vint s'asseoir, rafraîchi, à la table basse près de l'érable où Sayoko avait déposé le courrier. Sur le petit plateau reposait une unique lettre, barrée d'un timbre français, avec son nom et son adresse en caractères romains, d'une écriture haute et déliée qu'il ne connaissait pas.

Elle contenait une photographie de Rose au jardin. À l'arrière-plan, des lilas blancs d'été masquaient un mur de pierres sèches. À droite, le regard filait vers la vallée de la Vienne. La fillette, en robe verte à smocks, riait en plissant le nez. Haru retourna le cliché et y lut simplement *Paule* tracé à l'encre noire. Son cœur se mit à battre et, dans l'heure qui suivit, il passa en revue l'éventail des possibilités. Comment Paule avait-elle eu son adresse ? Elle se trouvait au dos de la lettre qu'il avait envoyée à Maud. Savait-elle qu'il surveillait Rose ? C'était probable même si l'envoi pouvait n'être qu'une bouteille jetée à la mer. Que voulait-elle ? Il examinait le cliché et n'y trouvait rien qui pût l'éclairer mais il avait la poitrine serrée. Enfin, Sayoko parut en compagnie de Mei, la jeune femme qui faisait le ménage, il s'entretint avec elles avant qu'elles ne s'en aillent aux cuisines puis, reposant les yeux sur le cliché, il comprit : c'était la dernière photo d'avant le basculement. Rose y était heureuse tandis que les images, désormais, la montraient triste et fermée, entourée de malheur. Paule Arden lui avait envoyé la trace d'un bonheur enfui, le sien, celui de sa petite-fille et, pensait-elle peut-être, celui de Haru. Il alla dans son bureau et interrogea ses montagnes. Il se sentait pris dans l'étau des malédictions. Il songea à écrire à Paule mais eut peur que Maud l'apprenne et, alors qu'une pluie d'été, chaude et drue, se mettait à tomber sur Kyōto, se figura une fois encore que l'équation de sa vie ne pouvait pas changer. Toutefois, ému de savoir que, à l'autre bout du monde, cette femme pleine d'élégance connaissait son existence et son nom, il se réconforta comme il put à cette idée bienfaisante. Les semaines, les mois et les années passèrent, caressés et hantés par la lettre de Paule, englués dans la même impossibilité. Le commerce prospérait, les femmes se succédaient, Rose grandissait, sombre et mélancolique, Maud dépérissait. Il vit sa fille aller au collège et au lycée de la ville, toujours entourée d'un cordon de camarades souriants – mais les vraies menaces sont invisibles, pensait-il, et ils ne peuvent la protéger de la sorte.

Le 17 janvier 1995, il dormait à l'appartement de Tōkyō quand, à six heures et demie, le téléphone sonna. Il entendit Sayoko lui dire : À Kyōto, ça va, mais Shigeru est sans nouvelles de sa mère, les lignes sont coupées. Il se souvint que la famille de son mari habitait Kōbe et il demanda : Quelle intensité ? Ils ne disent pas encore, répondit-elle, mais c'est grave. Il se leva et alluma la télévision. Un tremblement de terre de degré 6 avec une magnitude de plus de 7 sur l'échelle ouverte de Richter, disait le présentateur, hélas le séisme a eu lieu à faible profondeur sous l'île d'Awaji et les ondes n'ont pas eu le temps de s'atténuer. Les premières images rendaient compte des destructions de bâtiments, de routes, du pont autoroutier suspendu de Hanshin entre Osaka et Kōbe ainsi que des grands incendies qui embrasaient la zone. Comme tous les Japonais devant les mêmes images, Haru pensait : Les survivants vont mourir calcinés et il avait peine à respirer. Il aurait dû dîner avec un client à Kōbe la veille, y dormir à l'hôtel et prendre en début de matinée un Shinkansen pour Tōkyō. À la dernière minute, le client avait annulé, la pièce qu'il destinait au paravent que lui vendait Haru venait d'être inondée – les tatamis sont des éponges, avait-il ri au téléphone, vendez-moi plutôt des étoiles de mer. Quand Haru parvint à le joindre deux semaines plus tard, il lui dit : Nous sommes vivants mais je n'ai plus de maison. Savez-vous qui nous a distribué des couvertures, des couches, de l'eau et des ramens instantanés juste après le séisme ? Ce ne sont ni le gouvernement, ni la mairie, ni l'administration locale qui ont mis une semaine à s'organiser correctement. Ce ne sont pas non plus les puissances étrangères dont notre Premier ministre a si poliment décliné les offres d'aide. Ceux qui nous ont offert de quoi survivre dans le froid, ce sont les yakuzas. Nous n'avons pu compter que sur le peuple japonais et sur le Yamaguchi-gumi.

Haru donna une somme considérable pour les victimes du séisme et fit personnellement envoyer des vivres aux sinistrés de sa connaissance. Mais la déflagration, pour lui, ne se situait pas là. Après l'annulation de son client, il avait décidé de partir pour Tōkyō en milieu d'après-midi et y avait dîné seul, comme il aimait, dans une ramen-ya du quartier. Là, il avait tenu avec Rose un dialogue intérieur que la bière glacée avait rendu délicieux. Quelques jours après, découvrant les images des abords dévastés de son hôtel de Kōbe, il sentait que le désastre de Hanshin-Awaji ouvrait dans le tissu de son existence une brèche nouvelle. Il croyait ne pas craindre de mourir et apprenait que cela était faux. Disparaître sans avoir été connu de Rose donnait vie à la possibilité de son propre anéantissement. Père méconnu, il devenait homme mortel et sentait sa vie s'assombrir encore.

En juin 1997, Rose obtint son baccalauréat avec mention et il alla chez Meidi-ya, sur Sanjō, acheter une bouteille de champagne qu'il déboucha le soir même en compagnie de Keisuke.

— C'est dégueulasse, dit le potier après la première gorgée. Qu'est-ce qui nous vaut d'endurer ça ? Encore une Française dans le paysage ?

Haru ne répondit pas et on repassa au saké. Rose alla à Paris faire ses études supérieures et il apprit qu'elle se destinait à la botanique. Dans la capitale, elle habitait l'ancien appartement de sa mère, à dix minutes à pied de la gare Montparnasse, celle par laquelle on ralliait la Touraine. Les photographies la saisissaient dans une diversité de situations inédite et Haru passait des heures à les observer. Elle avait des amis, des prétendants, elle sortait, faisait la fête mais souriait rarement. Une photographie, un jour, la captura à une terrasse de café, un livre ouvert devant elle, une autre marchant seule dans les allées du jardin du Luxembourg. Les deux photos dégageaient tant de tristesse que Haru se prit à détester Paris, ses immeubles arrogants, ses jardins symétriques, ses ambiances de dorures et de ferronneries. L'eût-il aimée si Rose y avait été heureuse ?

Il en doutait, n'en aimait pas l'architecture, trouvait qu'elle sentait le pouvoir et l'orgueil. Il percevait chez sa fille une harmonie de sable et de mousse prisonnière d'un décor inamical. Il sentait battre en elle un cœur japonais que rien, alentour, ne lui permettait d'entendre. Il la voyait lestée de la souffrance de sa mère et de la force de son propre sang, elle était maussade mais dure au malheur, fermée mais singulière, dépossédée de sa vie mais entière. Il se demandait qui, de Maud ou de lui, l'emporterait à la fin et, ainsi, comme filent les nuages, s'évanouit une décennie marquée par une constance remarquable – affaires, femmes, fêtes, rapports et photographies de France – jusqu'à ce que, un matin, ce soit l'année 1999 et qu'arrive à Kyōto un jeune homme du nom de Paul Delvaux.

Ailleurs

Haru le rencontra chez une cliente qui possédait une maison au nord de la ville. Juste à côté, il y avait le sanctuaire de Kamigamo dont il aimait la proximité avec la nature sauvage des montagnes septentrionales. Il y déambula en attendant l'heure de son rendez-vous. Dans la pâle brume hivernale – c'était le 18 janvier –, les toriis prenaient des allures d'arcs-en-ciel monochromes. À côté, la forêt vierge de Tadasu donnait aux lieux leur caractère primitif et sacré. Il aperçut deux biches le long de la lisière des arbres et sentit que la neige venait. Le premier flocon tomba à l'instant où il sonnait à la porte de Harada san, une jeune femme vint lui ouvrir et l'introduisit dans la pièce principale où se trouvaient la vieille dame et un jeune homme occidental. Ils étaient tous deux assis à la table basse près de la baie qui donnait sur le jardin intérieur et Haru vit Paul pour la première fois sur fond de bambous, de fougères et de l'une des plus belles lanternes de pierre qu'il connût. Elle ne différait pas des autres de son style – Mizubotaru – mais possédait, selon lui, des proportions parfaites. La maison était à l'avenant, ancienne et sublime, avec de grands couloirs, du bois partout, des alcôves ornées de vases magnifiques, des calligraphies splendides. Harada san ne sortait presque jamais de chez elle mais le monde venait volontiers à cette femme minuscule, perpétuellement souriante et très riche, qui avait la passion du thé et de l'art et faisait partie des clients de Haru auxquels il ne se préoccupait pas de vendre. Avec elle, il venait *passer un moment*. Quand elle achetait, il réduisait sa marge. Il œuvrait pour la grande affaire de l'art et non pour les affaires, dont la vanité se diluait dans la perfection de la lanterne Mizubotaru.

Après les salutations d'usage, elle fit les présentations. Le jeune homme s'appelait Paul Delvaux – elle eut du mal à prononcer son nom, il l'épela –, il venait de Belgique, parlait japonais et avait accepté d'être son professeur de français. De français ? s'étonna Haru. Un vieux rêve, dit la vieille dame, et je n'ai plus tant de temps que cela pour réaliser mes rêves, n'est-ce pas ? La jeune femme leur servit un bol de macha et un nerikiri en forme de camélia et Haru posa devant Harada san un objet enveloppé de soie rose.

— Ah, dit-elle, je devine que notre ami Shibata san est de la partie, n'est-ce pas ?

Ils prirent le thé en silence en admirant les flocons qui tombaient sur le petit jardin et Haru nota que l'Occidental savait se taire. Quand Harada san pria qu'on desserve le thé, il lui demanda ce qui l'amenait à Kyōto. Le jeune homme répondit en parlant bien, lentement, poliment. Sa femme et lui avaient étudié le japonais à Bruxelles et bénéficiaient d'une bourse de fin d'études à Kyōdai, la plus prestigieuse université de la ville. Il ajouta qu'ils étaient au cœur de leur rêve, à quoi Harada san renchérit que, oui, tout à fait, il fallait rêver – d'ailleurs, commenta-t-elle, la vie elle-même n'est peut-être qu'un long rêve. De nouveau, le silence se fit et elle dénoua le furoshiki rose. Elle en dégagea une boîte de bois clair ceinte d'un ruban plat et gansé en coton orange. Elle le dénoua, sortit de son écrin un vase blanc et Haru vit à tous les signes d'une longue fréquentation qu'elle en était enchantée. Elle dit à Paul qu'il était destiné au cinquantième anniversaire de son établissement dans la maison – un prêtre de Kamigamo réciterait une bénédiction, elle servirait le thé et avait dans l'idée de placer le vase sous une calligraphie d'un poème de Ryōkan. Mais je voulais une création d'aujourd'hui, ajouta-t-elle, ce n'est pas parce qu'on est vieux qu'il faut renoncer à la nouveauté. Elle sourit un peu dans le vague. Elle observait le vase. Après un moment, elle dit : Il est bien présent et Haru s'inclina en baissant les yeux. Il les releva sur Paul et reconnut à son regard cette qualité particulière, concentrée et inconsciente de soi, qu'on a dans les rencontres décisives. On sentait la complexité sous l'écorce policée et ce mélange de réserve et d'intensité lui plaisait.

— Vous êtes intéressé par l'art ? lui demanda-t-il.

— Je ne suis intéressé que par l'art, répondit-il.

— C'est de famille, peut-être ?

— Je viens d'une lignée de petits industriels bruxellois, protestante de surcroît, qui n'a guère de goût pour la forme des choses, dit-il en riant. Soupières austères et vin bon marché sur la table.

Ils parlèrent de choses et d'autres puis Haru le complimenta sur son excellent japonais.

— Je n'ai pas beaucoup de mérite, à Bruxelles, mon meilleur ami venait de Tōkyō. Quand j'ai entamé mes études, il ne m'a plus jamais parlé français. Mais ma femme parle encore mieux que moi.

Il se tourna vers le jardin, ses bambous et ses fougères piqués de neige fraîche.

— Je suis venu ici fréquenter une certaine forme d'art et de culture. Vous en avez posé le résumé sur cette table.

Il regarda le vase.

— Qui en est l'auteur ?

— Keisuke Shibata, un potier de Kyōto, répondit Haru, mais c'est aussi un ami.

— Tout l'héritage d'une civilisation passé au prisme d'un seul homme vivant, murmura Paul.

Haru prit congé et s'en alla sous la neige. Il rentra chez lui animé d'une curieuse légèreté. Quand Sayoko vint lui servir du thé dans son bureau, il lui dit : J'ai fait une rencontre intéressante aujourd'hui.

— Un jeune homme de Belgique, précisa-t-il.

— De Belgique ? répéta Sayoko avec consternation. Vous l'avez rencontré où ?

— Chez Harada san, répondit-il.

Elle parut soulagée.

— Il n'y a pas mieux pour une rencontre, dit-elle en faisant allusion aux vertus purificatrices de la forêt ou, peut-être, aux pouvoirs du sanctuaire contre toutes les forces malignes de l'univers.

Feu vert pour une fréquentation avec la Belgique, pensa Haru, après quoi il s'absorba dans ses affaires et ne pensa plus à Paul Delvaux. Il sortit vers seize heures, partit retrouver Beth dans une maison de thé près de chez elle et, alors qu'il s'engouffrait dans l'entrée du bâtiment, croisa le Belge qui s'en allait. Il était accompagné d'une jeune femme, aussi petite et brune qu'il était grand et blond, emmitouflée dans un manteau orange. Clara, ainsi que son mari la présenta à Haru, parlait un japonais expert, avec une fluidité et une sensibilité dont il fut impressionné.

— Vous aimez l'art, dit-il à Paul, venez donc chez moi pour mon anniversaire après-demain, il y aura des amis artistes, en particulier le potier dont vous avez vu le vase ce matin.

Voyant sa surprise, il ajouta :

— Je sais que ce n'est pas très commun d'inviter si facilement chez soi. Mais je suis un peu original, on vous le dira.

Plus tard, dans la soirée, il songea avec plaisir à la jeune Belge – était-ce le manteau orange, le fait qu'elle fût francophone, la touche d'espièglerie à son sourire ? Haru pensait à elle et pensait à Rose et une sorte de charme s'opérait. Vers minuit, il sortit rejoindre Keisuke dans un bar du centre où il le trouva en compagnie de quelques habitués et de Jacques Melland qu'il salua avec plaisir. Il lui demanda des nouvelles de son fils – Édouard est à Shanghai, répondit Melland, il négocie très bien avec les Chinois, c'est une corvée en moins pour moi. Haru lui trouva mauvaise mine et, après quelques échanges de nouvelles, Melland lui dit quelque chose que, dans le brouhaha ambiant, il n'entendit pas bien mais, à ses yeux, il comprit. D'autres convives arrivèrent, les chaises se redistribuèrent, Melland entama une conversation avec Tomoo et Keisuke vint s'effondrer à côté de Haru. Le marchand lui dit qu'Harada san avait aimé le vase, qu'il pensait qu'elle l'acquerrait et le potier rigola.

— Pour le caler sous un joli poème un peu tarte, dit-il.

Mais lorsque Haru reprit le chemin de la Kamo-gawa balayée d'une averse de petits flocons désor-donnés, il repensa aux vers de Ryōkan, à Clara Delvaux, à Rose et au jardin de la maison de Kami-gamo avec un sentiment de grande fraîcheur. Il prit un bain, lut un peu et s'endormit d'un sommeil paisible.

le jardin au calme
lorsque le camélia
offre sa blancheur

Pour son anniversaire, il fit livrer des camélias blancs que Sayoko, avec une concentration d'athlète, arrangea dans un grand vase sombre. À dix-neuf heures arriva une compagnie menée par Keisuke puis d'autres se joignirent aux troupes tout le long de la soirée. Quand Beth fit son entrée, Keisuke la salua très bas.

— La Dame de Fer, dit-il. Combien de pauvres hères ton empire a-t-il exploités cette semaine ?

— Au moins, je ne place pas de jolis petits poèmes au-dessus de tes chefs-d'œuvre, dit-elle.

— Quel traître tu fais, dit Keisuke à Haru.

Peu après parurent les Delvaux et Clara fit à Haru la même impression rafraîchissante que l'avant-veille. Elle portait une robe rose pâle, simple mais élégante, et il pensa à Rose et aux biches de Tadasu. À ses côtés, grand, blond, réservé, Paul souriait, Haru leur présenta quelques convives et la soirée se poursuivit. Des amis musiciens jouèrent du koto et du shamisen et, de la cuisine, Sayoko fit servir des canapés à la française que Keisuke renifla avec suspicion. Pourtant, c'est un chef japonais, lui dit Beth, tu devrais sortir de ton île, un jour — le monde entier est une île, rétorqua-t-il en engouffrant un petit toast au foie gras teriyaki. Dans sa cage de verre, l'érable ployait sous la neige, Haru allait d'un groupe à l'autre mais se rendait compte que son regard se posait à intervalles réguliers sur Clara et sur Paul – j'aime leur présence, se dit-il en étudiant la jeune femme qui riait en parlant à Tomoo. Vers vingt-deux heures, Keisuke, totalement gris, entonna une chanson traditionnelle de nouvelle année dont il changea les paroles poétiques en grivoiseries et Haru vit Paul rire et boire beaucoup sans jamais être saoul.

À vingt-trois heures, Jacques Melland sonna à la porte de la Kamo-gawa et Sayoko, qui s'en allait, lui ouvrit. Elle porta une main à son cœur – vous ne m'impressionnez plus, lui dit Jacques Melland en français, vous êtes une alliée, je le sais à présent. Elle partit. Quand Haru le vit, il alla vers lui et ils s'isolèrent dans un recoin de la pièce. Là, ils parlèrent en anglais.

— Avant-hier, dans le bar, j'ai vu que vous n'entendiez pas bien, dit Melland, alors je vous le répète au calme : c'est probablement mon dernier séjour à Kyōto.

— Je ne suis pas surpris, dit Haru, j'avais vu votre fatigue.

— Si ce n'était que la fatigue, dit Melland. Quoi qu'il en soit, je voulais vous voir pour vous dire une chose que vous savez déjà mais aux portes de la mort, on a des coquetteries inattendues, je ne sais pas pourquoi elle me rend si bavard, j'ai toujours eu les sensibleries en horreur.

— Vous aimez l'art et vous aimez votre fils, dit Haru, ce ne sont pas des sensibleries.

— Je ne sais même pas ce que j'aime, dit Jacques Melland, mais qui s'en soucie désormais ? En tout cas, voilà ce que je voulais vous dire : ma vie n'offrait qu'une heure de ferveur et je l'ai vécue grâce à vous.

— À Shinnyo-dō, dit Haru.

— À Shinnyo-dō, dit Melland, sous les auspices d'un ciel au fond duquel se fanaient des jardins. Il est étonnant qu'un lieu soit doté d'un tel pouvoir mais j'ai eu là une joie profonde en laquelle j'étais entièrement accordé à moi-même. Et vous savez le meilleur de l'histoire ? Je me suis toujours pris pour un insatisfait qui mourrait en ruminant ses regrets. Or, au moment de tirer ma révérence, je me dis avec émerveillement : Cette heure, je l'ai vécue.

Il but d'une traite sa coupe de saké.

— Comprenez bien, ce n'est pas un souvenir que je me remémore avec joie, quelque chose qui m'aurait aidé à vivre toutes les autres heures. Elle est devenue ma chair, mes os, mon sang, elle est passée en moi tout entière. Je suis cette brève et furieuse ferveur.

Il eut l'air perplexe.

— Je sais que cela paraît insensé.

— Pas le moins du monde, dit Haru, c'est tout ce que je me souhaite quand le jour viendra.

Melland tapota la table de l'index.

— Avant de vous dire adieu, j'ai une faveur à vous demander.

— Je suis votre serviteur, dit Haru.

— Je voudrais que vous gardiez un œil sur Édouard. Recevez-le, conseillez-le, il a tout à apprendre d'un homme tel que vous. Il n'est pas très équilibré mais il a de l'étoffe, vous verrez.

— Bien sûr, dit Haru, vous pouvez compter sur moi.

Melland s'appuya contre le dossier du sofa comme un homme qui se détend après une longue journée. Le temps n'est rien, pensa Haru, seuls subsistent les instants remarquables, tout le reste s'est évanoui et nous voici à contempler les piliers qui émergent du brouillard.

— Avez-vous toujours ma petite sculpture ? demanda Jacques en faisant allusion au moulage de déesse primitive qu'il avait offert à Haru vingt ans plus tôt en remerciement des vers de Rilke.

— Bien sûr, dit Haru, c'est un moulage du Louvre, n'est-ce pas ?

— L'original, qui a été trouvé à Lespugue, en Haute-Garonne, a plus de vingt mille ans, dit Jacques, et il ressemble à certaines de vos statues dogū. Je sais que vous ne vous intéressez guère à l'art occidental mais ces œuvres sont la racine première de l'art, elles n'ont pas de nationalité, elles n'appartiennent à aucun territoire. Ensuite, tout se ramifie et chacun aime à y reconnaître ses petits mais cette évidence que tout vient de la même matrice originelle, du désir universel de mettre en forme une matière, m'a toujours ému.

Il rit d'un rire un peu désabusé.

— Contrairement à vous, j'ai peu de goût pour ma propre culture, je suis tout entier dévoué à la vôtre.

— Je manque d'imagination ou d'audace, répondit Haru, je vous admire d'être capable d'apprécier ce qui ne vous est pas familier.

Le Français se mêla aux convives, but beaucoup, rit pareillement, piqua un camélia à sa boutonnière et prit congé peu après minuit en agitant la main comme s'il allait revenir le lendemain. Haru le suivit des yeux puis, les posant sur Paul, se dit soudain : Je suis Japonais mais je recherche l'étrangeté

— ou peut-être est-ce le contraire, je ne m'arrache à moi-même que pour y revenir sans cesse, je suis condamné à parcourir inlassablement la même boucle. Il vint s'asseoir à côté du jeune homme et de Keisuke qui causaient adossés à la cage de l'érable.

— Les Belges sont moins cons que je croyais, dit le potier en désignant Paul. Il parle bien, il boit bien, il voit bien, tout ça à seulement vingt-deux ans.

En face de Haru, la blancheur exquise des camélias se mêla au vent de tristesse et de douceur qui soufflait en lui.

— De quoi parliez-vous ? demanda-t-il à Paul.

— De son vase, répondit le jeune homme. Je ne savais pas qu'on pouvait être moderne et ancien à la fois. Il n'y a qu'en présence d'une œuvre véritable qu'on peut le comprendre vraiment.

Keisuke marmonna, pencha la tête sur le côté et se mit à ronfler.

— Vous êtes tout ce que j'aimerais devenir, dit Paul à Haru.

Il l'avait dit calmement, sans exaltation, mais Haru avait pris sa décision.

— Alors venez travailler pour moi, dit-il.

Deux mois plus tard, Haru reçut une lettre d'Édouard Melland. Mon père est mort, lui écrivait-il, mais juste avant de s'en aller, il m'a prié de vous dire une chose que je retranscris telle quelle ici : Je comprends le renard. Haru médita ce retour du conte de Heian parmi les thèmes de sa vie à l'heure où elle prenait, avec la présence de Paul et de Clara, une tournure nouvelle. De fait, chaque fois que, dans sa carrière, il avait conjugué la sincérité et le calcul, l'équation avait été victorieuse. Paul lui plaisait, il était belge, protestant, il parlait japonais, il aimait l'art, il savait boire et se taire : on devait pouvoir en faire un marchand. Pour ne rien gâcher, il était jeune et Haru le pressentait habile sans être duplice – à tous égards, donc, le pari semblait raisonnable.

— Que dois-je connaître ? avait demandé Paul le soir de l'anniversaire.

— Trois choses, avait répondu Haru. Cultiver le silence. Ne jamais rien presser.

Il s'était tu, Paul avait attendu puis souri.

— Et être à l'heure, je suppose.

Haru l'emmena partout, le présenta comme son assistant. Quand on lui demandait, l'air de rien, pourquoi il avait choisi un Belge, il souriait et disait :

C'est un petit pays. On hochait la tête sans trop comprendre mais Haru voyait que sa réponse inspirait la confiance. S'il percevait une résistance, il ajoutait : Une petite île en Europe, et il emportait l'adhésion. En réalité, la Belgique apportait à son commerce une touche exotique au moment où il sentait que, pour durer, il fallait se renouveler. Paul Delvaux parlait lentement, apprenait vite, prenait un plaisir visible à l'art du négoce. Il observait, n'intervenait jamais, apprenait à sourire, à s'incliner et à baisser les yeux au bon rythme. Les Japonais, passé l'étonnement initial, appréciaient sa discrétion et trouvaient très chic ce que, à l'abord, ils avaient jugé incongru. Qu'un Occidental fût aussi peu volubile et ne parlât pas de lui-même constituait une anomalie positive qui annulait le potentiel négatif de la première. Et Paul continuait de se taire et de boire avec tact.

Mais quand Haru et lui se retrouvaient seuls, à l'entrepôt ou dans la maison de la Kamo-gawa, ils parlaient. Ils parlaient des œuvres, des clients, des montants et des marchés, après quoi ils parlaient de tout autre chose, de l'art, de la vie et, avec un naturel surprenant, d'eux-mêmes. À cet exercice que Haru pratiquait déjà avec Keisuke et Tomoo, Paul ajoutait une fenêtre sur un nouveau monde qui le délassait. Cela ne prenait pas la forme de confidences ou de monologues, ils échangeaient à bâtons rompus et ces moments étaient pour chacun un cadeau qu'ils faisaient à l'autre aussi bien qu'ils se le faisaient à eux-mêmes. Ils étaient conscients, par ailleurs, que cela n'était possible que parce qu'ils étaient étrangers et que cette étrangeté annulait la relation hiérarchique qu'ils avaient par l'âge et par la fonction.

Dans le travail, ils utilisaient les pronoms adéquats et ne laissaient pas paraître qu'ils se tutoyaient en privé. Le 20 octobre 1999, jour du vingtième anniversaire de Rose, Haru emmena Paul dans son bureau. Le jeune homme découvrit d'abord la vue sur la rivière et les montagnes puis, se retournant, les photographies sur les panneaux de cyprès. Il s'en approcha et les examina en silence, Haru alluma une cigarette et servit du saké, Paul vint s'asseoir en face de lui et ils burent, en silence toujours.

— Ta fille, dit finalement Paul.

— Elle a vingt ans aujourd'hui, dit Haru.

— Personne ne le sait ? demanda Paul.

— Seulement Sayoko.

— Et sinon ?

— Personne.

Il raconta tout – Maud, l'interdiction, l'investigateur, le photographe, Paule, le basculement, les chats et les ombres. Il raconta les dix jours avec la Française, parla d'Emmanuelle Revers, répéta ses paroles finales. Il dit sa fierté de père, sa désolation de père, sa croix et son espérance de père, sa terreur après le suicide de William et le tremblement de terre de Kōbe.

— Je comprends mieux la dureté de Beth, dit Paul.

Haru se sentait épuisé mais une euphorie étrange montait en lui.

— J'attends cela depuis des années, dit-il. Peux-tu porter ce fardeau ?

— Ce fardeau ? répéta Paul.

Il rit.

— Mais c'est un cadeau, dit-il.

De la sorte commença une ère heureuse. Ce que Haru n'avait pas pu faire avec Emmanuelle Revers était devenu possible avec un homme car Paul lui aussi, dans le sillage de Clara, se guidait grâce à la voie des femmes. À chaque rencontre, Haru aimait un peu plus la jeune Belge, d'humeur également joyeuse, délicate mais simple, drôle avec une exquise touche d'espièglerie. Elle offrait à Paul une vie facile et lumineuse, prisait la vie de l'esprit, gérait le quotidien avec pragmatisme et, ce que Haru trouvait plus beau encore, assurait tout mais ne voulait rien contrôler. Peu de temps après la révélation de l'existence de Rose, il dit à Paul : Tu peux en parler à Clara, à quoi Paul répondit qu'il n'avait de secrets pour sa femme que ceux des autres et il ajouta en riant : Pourtant, elle prétend que je suis l'être le plus secret qu'elle connaisse. Il l'était. Il ne dissimulait rien mais était habité d'une complexité si dense qu'elle lui masquait, et aux autres de même, des pans de sa propre intériorité. Il ne racontait pas seulement sa famille – où il étouffait –, ses études japonaises – entamées pour suivre Clara –, son arrivée au Japon – où il s'était senti aussitôt ancré –, mais parlait encore de ses goûts, de ses réflexions, de ses doutes et de ses interrogations. Chaque trimestre, enfin, ils parcouraient ensemble les rapports et les photographies de France et Paul y apportait des éclairages inconnus de Haru. Aux kamis et yōkais de Sayoko, à ses propres intuitions, s'ajoutaient des lumières occidentales qui jetaient des ponts entre la dépression de Maud et le langage des renards de montagne.

Presque deux ans après leur première rencontre, Haru l'emmena à Takayama. C'était octobre, Rose aurait bientôt vingt et un ans, il faisait beau et la voiture glissait entre des versants rougeoyants et des pics immaculés. Ses parents et son frère étaient allés à un enterrement, la maison sur la rive était déserte et, au milieu du torrent, la grande pierre couronnée de sa mousse d'automne semblait fendre en deux les eaux tumultueuses. Haru conta à Paul qu'il avait grandi en voyant la neige tomber et fondre sur cette pierre et que la roche, les arbres, les cascades et la glace avaient fait toute sa vocation. Ils contemplèrent les remous, Paul s'agenouilla et toucha du plat de la main la terre des berges où avaient chu des feuilles d'érable carmin.

— La forme est la beauté de la surface, dit-il en se relevant, c'est sans doute ce qui me plaît autant ici, le Japon me sauve de mes profondeurs.

Dans le train du retour, pendant que Paul dormait, Haru médita ses mots en même temps que d'autres lui revenaient inopinément en mémoire : *Hélas le séisme a eu lieu à faible profondeur et les ondes n'ont pas eu le temps de s'atténuer.* Mais c'est tout à fait ça, se dit-il, c'est tout à fait l'âme japonaise, par notre terre et par notre destin nous sommes condamnés à rester près de la surface et, coupés de notre profondeur intérieure, nous prenons de plein fouet les désastres et les cataclysmes. Puis, une fois semée la désolation, nous transformons le cauchemar en beauté et regardons le fond des cieux qui se fane. À cet instant, il songea à son père et pensa : Dans la santé, dans la maladie, nous n'avons jamais été intimes, nous sommes demeurés près de la surface et tout, dans ma vie, a été sculpté par cette impossible profondeur.

Paul ne commentait jamais les décisions de Haru. Dans le travail et pour Rose, il écoutait et, à la fin, parfois, posait une question. Comme marchand, il avait tout compris – la manière, le style, les obstacles et les ruses : il était exceptionnel. Un soir qu'ils se trouvaient avec Tomoo et Keisuke dans un bar, le potier dit en le regardant puis en regardant Haru :

— Même modèle.

Voyant que le jeune homme levait un sourcil interrogateur, il ajouta :

— Tu es un enfoiré toi aussi, dans ton style plus délicat, moins brutal, et en plus tu es belge, on ne te voit pas venir. Si tu avais été français, tu aurais été plus lisible, les Français sont si prévisibles. Mais toi aussi tu presseras l'art comme un citron avant de le jeter dans la fosse de tes ambitions déçues.

— Quelles ambitions ? s'enquit Paul.

— Je te le demande, dit Keisuke, mais heureusement ta femme te sauve.

— Et moi, dit Haru, qu'est-ce qui me sauve ?

— Quelque chose, dit Keisuke, mais tu me le caches.

Quand ils furent seuls, Paul demanda à Haru pourquoi il n'avait jamais parlé de Rose au potier.

— Il a perdu deux enfants, répondit Haru, et je lui dirais mes échecs de père ?

— C'est un ami.

— Nous avons avec chaque ami une relation différente, dit Haru, ne me demande pas de l'expliquer, l'explication est une maladie occidentale.

Ils fêtèrent le passage à l'an 2000 à Shinnyo-dō où se retrouva tout Kyōto, y compris Beth qui n'aimait pas les festivités. Ce soir-là, Tomoo leur présenta Akira, un ancien danseur de butō du même âge que lui – la soixantaine – qui venait d'emménager dans le voilier. Quinze ans s'étaient écoulés depuis la mort d'Isao et Keisuke posa une main fraternelle sur l'épaule de son vieil ami. Akira, qui avait été un très grand danseur, ressemblait à un petit vieux doux et souriant mais lorsqu'il se leva pour donner une parodie de kabuki, tous sentirent la puissance qui émanait de ce corps longtemps accoutumé à sonder les obscurités. La parodie elle-même était désopilante et Haru prit plaisir à observer Clara et Paul qui riaient à gorge déployée. Il y eut d'autres divertissements – piano, chants traditionnels et paillards – puis, vers minuit, un joueur de shakuhachi vint équilibrer le duel des gaietés et des gravités qui était la marque réservée du voilier en faisant couler sur l'assemblée les notes tremblantes et mélancoliques de son instrument. À mesure que s'en allaient les invités les moins intimes, la soirée s'enfonça dans une brume de saké et d'amitié en laquelle Haru, assis dos à une cloison, se laissa dériver. Ils parlèrent, burent et trinquèrent à l'achat par Clara et Paul d'une petite maison près de

Kamigamo – ainsi, vous vous implantez définitive-ment parmi nous ? demanda Beth. Paul travaille pour Haru, j'ai mes vacances de français à l'université, nous sommes au-delà de notre rêve, répondit Clara et elle ajouta : Vue d'ici, la Belgique est plus morne que jamais. Pourtant, c'est un petit pays, dit Paul et tous, qui connaissaient les tours de Haru, rirent de bon cœur. À quatre heures, Beth et Clara s'en allèrent, Akira partit se coucher et ne furent plus à boire que Paul, Tomoo, Keisuke et Haru – le dernier quatuor, pensa le marchand, finalement tout se résume tou-jours à un ultime carré qui conjure les obscurités. Quand les autres se furent endormis sur les tatamis, il rallia à pied en compagnie de Paul la maison de la Kamo-gawa. Là, ils conversèrent et burent encore, jusqu'à ce que le jeune homme se lève et aille exa-miner sur le panneau de bois les dernières photos de France. Rose, devenue ingénieure agronome, faisait à Paris de la recherche en géobotanique. Au fil des ans, elle demeurait identique à elle-même, aiguisée et austère, sombre et constamment en colère. Elle avait beaucoup d'amants qu'elle congédiait diligemment, Haru la trouvait belle et singulière, entière et déses-pérée, mais il voyait que la colère, en elle, laissait peu à peu la place à l'indifférence. Alors que l'aube pointait, il s'en ouvrit à Paul qui resta pensif – la tristesse gagne du terrain, dit-il finalement. La nuit mourait, l'érable oscillait légèrement, la rémanence des notes de shakuhachi l'enveloppait d'une soie invisible, douce et grave. Lorsque Paul partit, Haru contempla sa rivière au-dessus de laquelle dansaient des flocons minuscules. Tout, dans sa vie, lui semblait immobile, les saisons passaient, Kyōto changeait et était la même, sans âge et neuve comme l'eau vive, les Delvaux avaient rompu le cycle des malédictions mais rien ni personne ne paraissait pouvoir briser celui des interdictions. Il s'apprêtait à aller prendre un bain lorsque surgit Sayoko dans un kimono frappé de montagnes enneigées, le visage inhabituellement animé. Elle déposa sur la table basse de l'érable un petit plateau avec des mochis frais, alla préparer du thé et vint s'asseoir face à Haru.

— Elle s'appelle Sora, dit-elle, née la première minute du 1er janvier de l'an 2000.

— Vous voici grand-mère, la félicita Haru, je suis heureux pour vous.

Ils burent leur thé en silence dans la connivence d'une fréquentation de deux décennies. Une nouvelle-née à la nouvelle année, peut-il y avoir meilleur présage ? se demanda Haru et, soudain, pensant que sa fille aurait peut-être un jour des enfants, il fut pris d'un vertige qui lui fit oublier Sayoko. Pardon ? dit-il en se rendant compte qu'elle lui parlait.

— Vous ne voudriez pas d'un chauffeur ? lui demandait-elle.

— Un chauffeur ? répéta-t-il sans comprendre.

— Un chauffeur, réitéra-t-elle et il sut que toute résistance était futile.

Le lendemain, elle présenta à Haru le chauffeur pressenti par elle seule. Masa Kanto, que tout le monde appelait Kanto, était le fils tardif de sa troisième sœur, on considérait qu'il était légèrement déficient – il est seulement un peu autiste, dirait Paul – mais il était doué en informatique et il travaillait chez lui, à Tōkyō, au gré des missions qu'on lui confiait et au rythme qui lui convenait. Sayoko lui avait trouvé un petit appartement doté d'un garage près de Hyakumanben, à cinq minutes de la maison de la Kamo-gawa, Haru n'avait qu'à l'appeler, il viendrait et repartirait à ses ordinateurs une fois la conduite terminée. À dire vrai, le marchand n'était pas mécontent à l'idée d'abandonner les taxis surchauffés, leur conversation usée et leurs odeurs de vieux bentō, et la suite prouva que Kanto conduisait bien, savait se taire et converser, était en permanence content de son sort. L'absence d'horaire et le travail lui plaisaient – sinon je serais toute la journée chez moi à manger des cochonneries de konbini, disait-il. Plus encore, il adorait Kyōto et, peu à peu, Haru l'emmena dans les temples, les jardins, les cafés et, parfois, dans les restaurants. Un jour, il lui demanda ce qu'il avait aimé au Pavillon d'argent et Kanto répondit : Les étangs. Pourquoi ? s'enquit Haru. Ils sont *précis*, répondit-il et Keisuke, qui se trouvait dans la voiture, rit et dit : Voilà ce que j'ai manqué dans ma dernière encre. Haru, lui, distrait, sentait que quelque chose avait basculé. La brusque compréhension que les lignées se poursuivaient dans le futur comme il les avait vues se perpétuer dans le passé de ses ancêtres transformait le temps. Il regardait Kanto, écoutait Sayoko lui parler de sa petite-fille et pensait : Je nage dans un courant invisible et perpétuel où se trouve aussi ma fille, chacun pour l'éternité à une place précise qu'il est vain d'espérer changer.

Chaque année, le dernier descendant d'une autre lignée, Édouard Melland, venait pour un long séjour à la fin du printemps et à la fin de l'automne. Il parlait bien le japonais et disait ne vivre les autres mois de l'année que pour ces journées kyōtoïtes. Un jour qu'il se trouvait chez Haru et que Beth était là, il expliqua que ses séjours en Chine étaient l'enfer qui justifiaient Kyōto et Haru vit qu'elle le regardait avec attention. Un peu plus tard, le Français raconta que son père, neuf ans auparavant, avait prié qu'on place dans son cercueil des camélias blancs. Je ne sais pas pourquoi je ne vous l'ai pas dit plus tôt, dit-il à Haru, mais j'étais obsédé par la mission de vous transmettre la parole du renard et, après un silence : Ensuite, j'ai eu peur de vous en reparler. En réponse, Haru lui conta l'histoire du renard et de la dame de Heian – cette histoire est très puissante mais je ne sais pas pourquoi, ajouta-t-il et, pensant à Emmanuelle Revers : L'amie qui en détenait la clé est morte elle aussi. Édouard repartit, Haru eut la sensation que quelque chose, quelque part, avait *muté*, n'y pensa plus et sortit dîner avec Tomoo, Akira et Paul chez Kitsune, une yakitori-ya récemment ouverte à deux pas du voilier. La mousson approchait, il faisait frais, une petite bruine grisait les montagnes de l'Est. La yakitori-ya, tenue par un ancien de Kyōdai, accueillait des étudiants ou des gens du quartier qui ne connaissaient pas Haru et ne se souciaient pas de le connaître. L'endroit ressemblait à un grenier d'enfance où, entre les affiches de manga, les enseignes publicitaires en métal rouillé et les figurines de superhéros, auraient été alignées des bouteilles de saké en rempart de la fumée des grillades. Les murs étaient peints en noir, une poignée de lampes suspendues éclairait chichement la salle, ses tables de bois sombres, ses caisses de bière dans l'escalier, son téléphone à cadran posé sur le comptoir. Surtout, on y servait des brochettes parfumées et fondantes et, selon Keisuke, la meilleure salade au poulet de la ville. Paul ayant prévenu qu'il arriverait tard, Haru, Tomoo et Akira commandèrent pour patienter des bières glacées et des édamamés. Dans l'atmosphère incertaine, mystérieuse et fraîche de l'avant-mousson, le début de soirée parut délicieux à Haru jusqu'à ce que, vers vingt heures, Sayoko l'appelle pour un détail d'intendance et, juste avant de raccrocher, lui dise : Il y a une drôle d'atmosphère ce soir. Comme toujours, il pensa à la France et à Rose mais Paul fit son apparition, commanda une bouteille de saké en disant : J'ai quelque chose à vous annoncer et, une fois le saké versé : Clara est enceinte, notre fille naîtra en janvier. Comment sais-tu que c'est une fille ? demanda Tomoo. Je le sais, c'est tout, répondit Paul et il regarda Haru. De père à père, pensa le marchand et, se trouvant en équilibre sur une crête étroite tracée entre joie et douleur, il leva sa coupe en disant : J'envie à cette petite les meilleurs parents du monde. Il sentit un bien-être profond l'envahir. Il était heureux pour Paul et soulagé que la prémonition de Sayoko ne concernât pas Rose. Il voyait une brèche s'ouvrir dans l'avenir, ému d'être le témoin et l'ami, curieux de l'enfant annoncée, certain, lui aussi, que ce serait une fille. Curieusement, la venue prochaine à Kyōto de cette petite étrangère conjurait l'appréhension qu'il avait à penser au destin de la sienne à Paris. Il rentra dans la maison de la Kamo-gawa, prit un bain et s'endormit bercé par un sentiment de plénitude et d'excitation mêlées. Le lendemain matin, il trouva Sayoko dans la pièce de l'érable, avec sa mine allongée des mauvais jours.

— Clara est enceinte, lui dit-il.

Elle plissa le front.

— Ce sera une fille ? demanda-t-elle.

Il fit signe que oui. Elle renifla.

— Qu'y a-t-il ? demanda-t-il.

— Je ne sais pas.

Il travailla toute la matinée dans son bureau enveloppé du sentiment de plénitude de la nuit et, quand Paul l'appela avant de partir pour Tōkyō, lui répéta : Je suis heureux pour vous. Clara aussi, répondit Paul en riant, elle est heureuse pour nous deux bien que ce soit à elle de faire tout le boulot. C'était le 20 juin, il faisait froid, Haru raccrocha et une pluie diluvienne se mit à tomber. Il frissonna, son humeur changea et il repensa à ce qu'Édouard lui avait dit la veille des camélias blancs dans le cercueil de son père. Il se figura Jacques Melland blême et figé, une lavallière autour du cou, des brassées de fleurs fraîches sur la poitrine, dans le calme de l'ultime blancheur. C'était un voyageur, pensa-t-il, venu chercher au bout du monde la matière de sa dernière demeure

– mais moi, je n'ai jamais quitté mon archipel bien que la raison de mon cœur se trouve pareillement de l'autre côté de la nuit. Lassé de ses propres revirements d'humeur, il voulut se lever mais Sayoko, l'air soucieux, entra dans la pièce et, au même moment, son mobile sonna. Il prit l'appel devant elle et entendit la voix d'Akira lui dire : Tomoo vient de mourir.

À la veillée se retrouvèrent les intimes de Tomoo. Il était peu fréquent désormais qu'on la tînt à domicile mais elle se déroula tout de même dans le voilier de Shinnyo-dō et Hiroshi, le frère de Keisuke, officia. Les parents et la sœur de Tomoo étaient morts et peu de famille se joignit à la cérémonie. Haru, assis près du piano et du corps de son ami, se sentait écrasé, lourd de chagrin et de solitude, et Keisuke, résumant le tout, murmura : Et lors des nuits la lourde terre tombe d'entre les astres et vers la solitude. Dans le calme terrible de la pièce, Haru, face à la photo de Kazuo Ōno, n'imagina pas boire et parler comme ils l'avaient fait pour Isao. Il pensait : Nous croyons que nous sommes plus forts mais la mort nous habite. Au-dehors tombait une pluie drue. Il avait mal mais il ne pouvait pleurer. Il sondait ses obscurités.

Aux funérailles vint la moitié de la ville et tout le monde présenta ses respects à Akira. À la fin, il prit la parole, remercia l'assemblée et ajouta quelques mots dans le silence glacé de la maison funéraire : Il n'a pas souffert, il ne s'est pas vu mourir, il s'est éteint dans le fauteuil où s'était éteint son premier grand amour. J'étais le second. Il n'y en aura pas d'autre. Étaient présents beaucoup de gens de la télévision nationale venus de Tōkyō, d'Osaka et même de Sapporo où, selon la règle tournante de la NHK, Tomoo avait successivement travaillé, rayonnant toujours à partir de sa base, à partir du voilier au sujet duquel, justement, Keisuke dit soudain : Nous ne pouvons pas aller à Shinnyo-dō sans notre Tochan. Ils convinrent de se retrouver chez Haru. Ils burent atrocement, incapables de parler ou de rire, et s'endormirent un peu partout dans la pièce. Seul de tous, Paul partit dans la nuit et Haru alla prendre un bain solitaire. Dans l'eau, le chagrin le submergea et, avec lui, un constat nouveau – il ne s'est pas vu mourir et nous ne nous sommes pas vus vieillir, se dit-il, dans peu de temps, je serai un vieillard pour ma fille. Sae, Yōko, Ryū, Tarō, William et Isao étaient morts jeunes tandis que ses vieux parents, à Takayama, vivaient encore. Jacques Melland, de dix ans plus âgé, aurait pu être le premier avertissement mais c'était un étranger et il avait plié bagage hors du quotidien de Haru. La mort de Tomoo, en revanche, transformait radicalement ce quotidien, elle changeait le nombre des hommes, l'équilibre des lieux, la texture du temps et, pour la première fois de sa vie, Haru songeait à son âge.

Ils se retrouvèrent à Shinnyo-dō un jour de la semaine suivante pour y porter en terre les cendres de l'ami. Il aurait détesté que je dîne seul en parlant à une urne, avait dit Akira à Keisuke pour justifier de n'avoir pas respecté les quarante-neuf jours d'usage. Il faut faire vite avec les cadavres pour n'avoir plus que la mort à méditer, lui avait dit le potier en retour.

Le matin du 28 juin, Akira, Keisuke et Haru prirent le chemin du cimetière. La maison désertée de To-chan avait des airs de mausolée, ils ne s'y attardèrent pas, Haru sut qu'il n'y reviendrait pas. Il pleuvait faiblement, le déchirement de devoir dire adieu à trente ans de vie amicale se parait de gouttelettes tremblotantes, ils avançaient sur un chemin de déso-lation, froid et boueux, accablé de souvenirs. Devant la tombe, ils restèrent muets, vides et idiots, puis ils prirent la direction de Kurodani et parvinrent en haut du grand escalier. À leurs pieds, la cité, épan-due comme une lave de béton entre ses hauteurs, bourdonnait avec indifférence. Alors qu'ils la contem-plaient, l'œil morne, Keisuke dit : Cette fois, le saké ne nous sauvera pas mais Kyōto, elle, le fera, et ils sentirent se diffuser en eux le pouvoir bienfaisant de la ville. La semaine suivante, Haru revint avec Paul pour sa promenade hebdomadaire sur la boucle de Shinnyo-dō. Au pied de l'escalier, il s'arrêta là où il avait appris de Melland l'existence de sa fille, pensa que ses propres cendres y reposeraient et, liant de la sorte son destin à celui de Tomoo, faisant leurs tombes voisines et leurs morts complices, s'apaisa. Ils dînèrent à la yakitori-ya du dernier repas et il se forgea la cer-titude que Kitsune, enclave protégée de l'enfance, préservait les moments heureux.

Le lendemain matin, à l'aube, Naoya appela et lui annonça que leur père – comme Tomoo – s'était éteint dans son sommeil. Haru prit le premier train pour Takayama, loua une voiture à la gare, alla dépo-ser ses affaires à Kakurezato et rejoignit les siens à la maison funéraire. Aux funérailles se présenta une foule impressionnante de brasseurs, de commerçants, d'amis mais aussi d'hommes et de femmes inconnus de Haru. Tous le saluèrent d'une façon qui faisait de lui à parts égales un enfant du pays et un homme qui avait réussi et il se sut admiré en même temps qu'exclu de cette assemblée bienveillante. Sa mère portait avec elle l'effacement et la mélancolie qu'il lui avait toujours connus et que le deuil renforçait. À un point de la cérémonie, elle pleura sans bruit, les épaules secouées de soubresauts. La femme de Naoya lui posa la main sur le bras et elle continua de pleurer en silence. Un souvenir revint à Haru de son séjour dans les montagnes quand il avait appris la maladie de son père. Dans son esprit obscurci, la saveur des champignons se teintait d'assombrissements et de tremblements mais alors qu'il voulait fuir cette scène hantée de fantômes, les étoiles, le guidant sur la voie de ses ancêtres, l'avaient retenu. Aujourd'hui, père et, un jour peut-être, grand-père, imaginant l'ancêtre qu'il deviendrait à son tour, il voyait sa vie s'inscrire dans la totalité du temps où se répétait inlassablement – entre ses parents et lui, entre lui et sa fille et, bientôt, entre sa fille et ses propres enfants – la même scène de silence et de solitude.

Il resta trois jours à Kakurezato, consacra du temps à sa mère, revit des cousins et des vieux camarades, parla de la brasserie avec Naoya, marcha dans la montagne en pensant à Tomoo. Le matin du quatrième jour, il prit le chemin de la gare en serpentant dans la vallée entre les rizières inondées, les maisons modestes, les hangars et les petits sanctuaires perdus de pluie. La végétation abondante, les potagers luxuriants, les pierres blanches dévoilées par les eaux basses du début de l'été donnaient à son périple une saveur redoublée de candeur et d'enfance. Il leva le pied et se régla sur une allure lente où, enfin, il trouva la paix. Il dépassa le sanctuaire familial, baissa la vitre, laissa l'air humide et chaud lui balayer le visage, se fondit dans l'accueil de ses montagnes. Après un moment à conduire dans la familiarité des choses, quelque chose muta et il se sentit *ailleurs*. Le décor coutumier s'effaça, s'inscrivit dans l'écrin plus vaste, impalpable mais présent, d'un monde nouveau. Dans ce paysage sans horizon, il rentra en lui-même, y découvrit un territoire immense et pensa : Ainsi, ailleurs est ici.

Le 10 janvier 2009, dix jours avant son soixantième anniversaire, naquit la fille de Paul et de Clara. Haru alla à la maternité rencontrer la nouvelle-née qui s'appelait Anna Rose Yōko – Rose pour ma grand-mère, Yōko pour Keisuke et Anna pour une vie romanesque, précisa Clara. Paul ne dit rien mais sourit. La puissance de vie qui émanait du nourrisson fascinait Haru. À l'autre bout du monde, sa fille, elle aussi, vivait, et il en recevait l'écho avec une force et un chagrin intenses. Quelques jours plus tard, Beth vint à Kamigamo et offrit de jolis cadeaux. Dans le vestibule, elle serra la main de Paul et lui dit avec une affection sincère : Clara et Anna vous condamnent au bonheur. Le soir de ses soixante ans, Haru donna une grande réception tournée vers la marche de ses affaires et Paul, les yeux cernés, y tint impeccablement son rôle. Dès le début, il fut évident qu'Anna serait brune et gracile comme sa mère et le jeune Belge fit la remarque à Haru qu'ils étaient tous deux les pères d'une enfant qui ne leur ressemblait pas. Sayoko était folle de la petite, riait avec elle quand son père l'amenait dans la maison de la Kamo-gawa mais continuait de la scruter à sa façon vigilante et têtue. Malgré cela, l'année passa sans événement notable et, à l'aube de 2010, Haru, soulagé, pensa qu'ils étaient tirés d'affaire. Le dimanche 10 janvier, Paul vint en coup de vent déposer des papiers et s'en alla en famille au Kokedera pour le premier anniversaire d'Anna. À son retour, il dit : C'est la saison des brumes, tout est sublime, et Haru réserva un créneau de visite pour la semaine suivante. Cela faisait une éternité qu'il n'était pas allé au temple des mousses et, le matin du 17 janvier, Kanto le conduisit à Arashiyama, à l'ouest de la ville. Durant le trajet, ils bavardèrent et Haru découvrit avec surprise et amusement que Kanto aimait le nō.

— Je croyais que les jeunes générations high-tech ne s'y intéressaient pas, dit-il, ce sont surtout des vieux comme moi qui vont aux représentations.

— J'aimerais beaucoup aller au spectacle de Takigi-Nō en juin, lui dit Kanto.

C'était un festival annuel en plein air, dans l'immense cour du sanctuaire de Heian, où se produisaient les troupes des deux théâtres nō de la ville. À la tombée de la nuit, on allumait de grandes torches. Haru n'y était jamais allé.

— Qu'est-ce que vous aimez dans le nō ? demanda-t-il.

— La vérité, répondit Kanto.

Ils arrivèrent juste à temps devant l'entrée du Kokedera et la porte s'ouvrit pour les visiteurs de l'heure, une poignée de retraités armés d'appareils photos géants, que Haru salua poliment. Tous suivirent le moine jusqu'à une grande salle où on les fit s'asseoir sur les tatamis et où l'on procéda à l'habituel rituel du sūtra du cœur – chant et écriture – avant de distribuer de fines lamelles de bois sur lesquelles ils furent priés d'inscrire un vœu. Haru, qui n'était pas venu pour cela, la fourra dans sa poche en se demandant ce que Rose penserait de ce rite que, d'ordinaire, il aimait, et un embryon d'idée germa dans son esprit. À cet instant, on les libéra et ils purent aller au-dehors où on les mena de l'autre côté de l'enceinte intérieure et où, enfin, on les lâcha dans le bois adjacent au temple. Au sol, une mousse épaisse, veloutée et presque phosphorescente, courait sur les racines et les pierres. Plus loin, une clairière abritait un étang d'où montaient les brumes légères de l'hiver. Tout autour, les branches noires de janvier calligraphiaient un poème secret. Haru s'enfonça dans le sous-bois et flâna sous des brisures de soleil pâle. Il s'arrêta, leva les yeux vers les frondaisons des cyprès et des érables nus. Ils sont immobiles mais ils engendrent la vie, pensa-t-il, alors que nous arrachons nos racines pour échapper à notre ombre. Puis, dans la lignée de ce qu'il avait compris en quittant ses montagnes après la mort de son père : Ailleurs est ici, dans la transformation.

Il termina sa promenade et quitta les lieux à regret. La terre du Kokedera apaisait les deuils, purifiait l'amour, brossait de poudre scintillante la trame de la vie – c'est une terre magique, se dit-il, une terre de métamorphose. Il pensa à Anna et à Rose, se prit à imaginer qu'elles se rencontreraient un jour et, pour la première fois depuis longtemps, se trouva profondément heureux.

Le lendemain, il raconta sa visite et son espoir à Paul. La semaine dernière, Anna riait aux éclats, dit le jeune homme, elles iront ensemble quand nous serons trop vieux pour marcher. Ils occupèrent le reste de la matinée à travailler. Vers midi, alors qu'ils buvaient un café devant la cage de l'érable, Paul reçut un appel de Clara. Il raccrocha, la mine soucieuse. Que se passe-t-il ? demanda Haru. Je ne sais pas mais quelque chose ne va pas, dit Paul. Anna ? demanda Haru. Non, répondit-il et il partit. Haru, inquiet, alluma une cigarette et l'après-midi s'écoula dans une pénible incertitude. Sayoko avait pris sa journée et il regretta de n'avoir pas auprès de lui sa boussole des malédictions. À vingt heures, Paul appela. Clara a un cancer, dit-il, on n'en sait pas plus pour l'instant, il va y avoir d'autres examens cette semaine. Je suis là, l'assura Haru. Quelques jours plus tard, Paul lui dit : C'est un cancer de grossesse, il touche des femmes jeunes avec des enfants en bas âge, il est très agressif. Je suis là, répéta Haru mais il savait que ses amis étaient seuls. Il fit jouer ses relations pour trouver les meilleurs médecins et les meilleurs soins mais il était impuissant à briser la solitude en laquelle la maladie enfermait Paul et Clara. Les premiers mois de traitement harassèrent la jeune femme, Sayoko, amère prophétesse, se transformait en bonne fée lorsqu'elle gardait Anna, Paul continuait de travailler et Haru, connaissant que la cruauté des malédictions dicterait son calendrier naturel, ne lui proposa pas de lever le pied. Ils fêtèrent avec Beth et Keisuke le deuxième anniversaire d'Anna dans la chambre où la jeune femme, allongée sur son lit, maigre, épuisée, souriait à tous. À la fin de février, Paul dit à Haru qu'il y avait peu d'espoir et Laura, la sœur de Clara, vint de Belgique s'installer chez eux. Le soir, une fois sa femme et sa fille endormies, Paul lui laissait la maison et ralliait celle de la Kamo-gawa. Il entrait dans le petit jardin, calait sa bicyclette contre un mur et rejoignait Haru dans son bureau. Là, ils buvaient du saké et conversaient dans la nuit. Aux portes du désastre, tout ce qui sépare les hommes s'effaçait et Haru se demandait s'il avait jamais atteint avec un autre être une telle proximité. Paul n'était pas seul à parler, ils dialoguaient, s'écoutaient, se disaient leur vie, se préoccupaient de Clara et d'Anna et, à partir d'un certain moment, de l'avenir de la fillette sans sa mère. Paul ne se plaignait pas, n'éludait rien – s'il n'y avait pas Anna, je me tuerais après la mort de Clara, dit-il un soir et, une autre fois : Elle souffre trop, cela ne peut pas durer. Quand Haru le rapporta à Beth, elle eut un rire sec et bref qui leur fit mal à tous deux. Le 10 mars en début d'après-midi, Sayoko, occupée à arranger une branche de prunier dans un vase, s'arrêta net et renifla d'un air perplexe. Deux heures plus tard, Clara fut brièvement hospitalisée mais Sayoko ne parut pas s'en alarmer

— ce n'est pas ça, pensa Haru, ou en tout cas pas encore.

Le matin du 11 mars 2011, Haru reçut un client chez lui avant de sortir déjeuner avec Akira. Ils burent des bières et parlèrent de Tomoo avec une tendresse complice – à nos âges, nous sommes orphelins, se dirent-ils et ils rirent. Akira ajouta : Si tu savais à quel point je l'ai aimé, et Haru repensa à Isao, à ces hommes doués pour l'amour, avec une nostalgie et une mélancolie teintées de tendresse. Vers quatorze heures, il se rendit seul à Shinnyo-dō et y entama sa boucle hebdomadaire mais, au sommet du grand escalier de Kurodani, il fut désarçonné par un mal de tête soudain. Il descendit les marches jusqu'à l'endroit où il avait appris l'existence de Rose et la migraine explosa au point qu'il s'accroupit sous l'effet de la douleur. Après quelques minutes, il se releva, termina sa promenade, retrouva Kanto devant le grand porche rouge et se fit déposer à l'entrepôt où, mû par un curieux pressentiment, il alluma la télévision. Il était quatorze heures quarante-cinq, il eut de nouveau mal à la tête et, comme la NHK retransmettait un ennuyeux débat à la Diète, voulut éteindre le récepteur. Alors qu'il tendait le bras, une annonce de l'Agence météorologique nationale s'inscrivit en surimpression du débat, avec carte et bips d'alerte sismique, cependant qu'une voix masculine prévenait de l'imminence de secousses puissantes et énumérait les préfectures concernées : Miyagi, Iwate, Fukushima, Akita, Yamagata. Les parlementaires continuaient de parler, la voix dit : Il reste peu de temps avant que cela ne commence, le siège de la Diète se mit à trembler, l'image fut coupée et un journaliste en studio reprit l'antenne. Il donna des consignes de sécurité, le studio à Tōkyō se mit lui aussi à trembler et, bientôt, le présentateur fit état d'un séisme estimé selon les zones d'une intensité de 7 à 5. À quatorze heures cinquante, cinq minutes après la première, l'écran afficha une nouvelle alerte, au tsunami cette fois, pour la côte nord-est du Tōhoku, les zones côtières pacifiques d'Hokkaidō mais également Ibaraki, Chiba et Izu Shotō. Keisuke, qui avait appelé deux minutes plus tôt en disant : Nobu devait être à Sendai, le rejoignit. Ils découvrirent les images du tremblement de terre à Tōkyō, Keisuke essaya sans succès de joindre son fils – les lignes sont saturées, dit Haru, je suis sûr qu'il va bien – puis, peu avant seize heures, la NHK diffusa en direct des images prises d'un hélicoptère qui survolait l'embouchure de la rivière Natori, au nord de l'aéroport de Sendai. Ils les regardèrent en silence, sans comprendre ce qu'ils voyaient. Les informations défilaient, innombrables, chaotiques : magnitude de 7,1 sur l'échelle ouverte de Richter, épicentre dans le Pacifique à 130 kilomètres à l'est de Sendai, quelques dégâts à la centrale de Fukushima Daiichi, magnitude relevée à 8, incendies à Miyagi, feux dans une raffinerie à Ichihara, magnitude relevée à on ne sait combien, évacuation des résidents à moins de trois kilomètres de la centrale – et, toujours, irréelles, impossibles, obscènes, les images du tsunami pénétrant les terres. À dix-huit heures, Paul arriva à l'entrepôt et Sayoko appela. Sa sœur qui vivait dans le Kantō, au sud de Tōkyō, venait de donner des nouvelles, tout allait bien pour la famille, elle espérait que c'était le cas pour l'appartement de Haru. Nobu était en mission à Sendai, lui dit-il. Il y eut un silence.

Voilà, dit-elle d'une voix blanche et Haru sentit ses entrailles se tordre. Je vous attends, dit-elle encore et elle raccrocha.

Il n'y avait pas de télévision dans la maison de la Kamo-gawa et, soulagés de ne plus voir les images, ils écoutèrent la radio. Haru tenta de joindre des connaissances à Sendai et à Natori, personne ne répondit et Keisuke s'allongea par terre, à même le bois du plancher. Sayoko apporta du thé fort et des bols de riz fumant puis, voyant qu'il la regardait par en dessous, du saké. Paul s'était assis le dos contre la cage de l'érable, ils burent sans savoir ce qu'ils faisaient, Sayoko allait et venait en marmonnant par intermittence. Vers minuit, Paul partit en disant qu'il reviendrait à l'aube, Sayoko prévint Shigeru qu'elle restait chez Haru et la veillée commença, une veillée sans morts ni verdict, sans corps ni réalité, dans l'évidence du malheur, dans la désolation du destin, car tous trois devinaient le sort de Nobu. Mais la matinée du lendemain passa sans nouvelles tandis que s'accumulaient des informations et des bilans de plus en plus horrifiques. Un peu avant dix-sept heures, la NHK rapporta qu'une explosion s'était produite à Fukushima Daiichi et Keisuke ricana.

— Et voici venir l'atome, la fête est complète.

— Les systèmes de refroidissement sont à l'arrêt, dit Paul, les réacteurs vont fondre.

Quand le commentateur se fit l'écho d'un communiqué de presse rassurant de Tepco, l'exploitant de la centrale, il ajouta :

— Les médias avalent n'importe quoi.

— De même qu'ils ne montrent pas de cadavres, dit Keisuke. Tu sais que je suis aussi de Hiroshima ?

Mon père est de Kyōto mais ma mère est de là-bas et elle y est allée pour notre naissance. Elle nous y a attendus deux semaines auprès de sa mère et de ses sœurs, Hiroshi et moi sommes nés le 6 juillet 1945, elle est rentrée ici le 5 août, le jour d'avant la bombe. Ils sont tous morts. Je n'y suis jamais allé.

La radio se fit l'écho des images de la centrale inondée surmontée d'un nuage d'explosion.

— Rien n'est moins caché que l'invisible, murmura Keisuke, le mensonge, l'atome, ils sont là, devant nous, dans la pleine lumière.

À dix-neuf heures, Paul murmura à son tour :

— J'ai le sentiment d'assister à un effondrement.

— Oh, dit Keisuke, nous reconstruirons, du moins en partie. Mais tu n'as pas connu Kōbe avant Hanshin-Awaji, c'était une ville jeune, singulière, presque excentrique – nous reconstruirons mais l'innocence, elle, sera perdue à jamais.

À vingt heures, le téléphone de Keisuke sonna, il le tendit à Haru, c'était Yukio, le collègue biologiste avec lequel Nobu effectuait des prélèvements sur le rivage de Shichigahama, à vingt kilomètres de Sendai. Les kamis ou les dieux ou qui que ce soit d'autre avaient jeté l'un dans sa chambre d'hôtel en centre-ville à taper un rapport, l'autre sur la plage à ramasser ses échantillons de sable. Le tsunami est arrivé après, dit Yukio, s'il était parti tout de suite, il serait vivant. J'ai essayé de l'appeler mais aucun appel ne passait. Je pense qu'il a voulu récupérer le matériel, il a marché jusqu'à la voiture et ensuite c'était trop tard, elle a été charriée jusqu'ici où je viens de la retrouver, c'est un miracle, tant d'autres ne retrouveront pas les leurs – il se mit à pleurer.

Haru raccrocha, Sayoko s'agenouilla et baissa la tête, Paul croisa les mains derrière sa nuque, accablé, désolé, Keisuke regarda Haru.

— Je t'avais prévenu, lui dit-il.

Le dépôt de l'urne au cimetière eut lieu juste après des funérailles retardées par l'identification et le rapatriement du corps. Où seront tes cendres ? avait demandé Keisuke à Haru en ajoutant : Nobu te mérite pour voisin. Ils se retrouvèrent à Kurodani sous une pluie battante avec une atroce sensation de déjà-vu. Hiroshi vint dire une prière à laquelle il ajouta quelques mots personnels qui firent s'effondrer Keisuke sur le sol détrempé. Haru posa son parapluie, prit le potier par les épaules et le tint serré contre lui jusqu'à la fin de la cérémonie. Akira s'approcha avec un autre parapluie mais Haru le refusa d'un geste et resta sous le déluge à soutenir son frère d'âme. Paul referma à son tour son parapluie et, les uns après les autres, ils l'imitèrent, les déposant derrière eux dans le sable boueux, accueillant l'eau et le froid d'un même accablement solidaire. Quand Beth ferma le sien, tous purent voir qu'elle pleurait. Sur les joues de Sayoko coulaient larmes et gouttes de pluie. Elle fut la dernière à quitter l'allée, la chevelure perlée d'eau, la démarche lente. Quelques jours après, Paul demanda à Haru si les cendres de Clara pourraient, elles aussi, reposer à Kurodani.

— Elle est bouddhiste, dit-il, mais même si ça n'avait pas été le cas, j'aurais voulu qu'elle soit là.

— Hiroshi fera le nécessaire, répondit Haru puis, doucement : Sommes-nous si proches ?

— Nous marchons sur le toit de l'enfer en regardant les fleurs, répondit Paul en citant un poème d'Issa. En réalité, nous sommes déjà dans ses fourneaux.

L'après-midi, Haru reçut les dernières photos de France et se sentit plus abattu encore. Ceux qui pouvaient être heureux mouraient, ceux qui vivaient étaient malheureux, la vie s'enfonçait dans un marais d'infortune et de deuil où il échouait comme ami et comme père.

Les informations sur le 11 mars ne cessaient de fleurir et ainsi apprit-on que le séisme avait eu lieu à faible profondeur, que le glissement avait été concentré sur une faille de longueur inhabituellement courte, accumulant l'énergie en une zone restreinte et accouchant simultanément d'une magnitude de 9,1 et d'un tsunami monstre. Un soir que Keisuke et Paul étaient chez lui à boire du saké, Haru partagea ses réflexions sur l'impossible profondeur des sentiments japonais.

— Elle existe, dit Keisuke, riche et abyssale, mais nous n'y avons pas accès, nous sommes enfermés dans le malheur de notre terre, dans sa tragédie permanente mais aussi dans notre langue moderne qui ne sait plus exprimer ce que nous ressentons. Comment voir en soi si on ne sait plus dire ? Au lieu de ça, on nous abreuve de romantisme cataclysmique et d'esthétisme moral de la résilience. Ah c'est admirable ! Mais ils masquent la sécheresse de l'âme contemporaine.

La discussion se poursuivit sur des thèmes similaires dans une atmosphère de chagrin et de camaraderie.

— Tu déteins sur nous, dit finalement Keisuke à Paul, le Japonais ordinaire n'aime pas les concepts, il leur préfère les rites.

— Mais tout homme se représente la vie, dit Paul.

— Cette chienne, dit le potier. Tu crois qu'il y a beaucoup plus à en dire ?

Paul ne répondit pas.

— Et toi, demanda Keisuke à Haru, de quelle façon te la représentes-tu ?

— Comme la traversée d'un fleuve, répondit-il, un fleuve d'eau noire à force d'être profonde. Je ne peux en voir le fond mais il faut traverser tout de même.

Keisuke le regarda avec tendresse.

— Tu fais bien, dit-il, la rosée est sur l'autre rive.

À la mi-avril, Haru déjeuna avec Beth qui lui annonça qu'elle passerait dorénavant ses étés en Angleterre.

— Mais tu détestes l'Angleterre, s'étonna-t-il.

— Justement, dit-elle, le Japon apaise mes maux mais la drogue faiblit avec les années, il me faut un peu d'enfer pour pouvoir renouer avec le répit. Le commerce est sur les rails, je peux tout piloter de mon Berkshire natal et une fois que j'aurai mangé des scones et bu du sherry jusqu'à la lie, je reviendrai.

— Quand pars-tu ? demanda Haru.

— Après Clara, répondit-elle. Je reviendrai en septembre, Paul aimera revoir un visage disparu.

Le soir, Haru informa Sayoko de la décision de Beth.

— Qu'elle y reste, dit-elle.

Il ne l'avait jamais entendue dire du mal de quiconque et en fut stupéfait.

— Elle n'a pas de morale, continua Sayoko, et je ne parle pas seulement de la vie privée, même en affaires il y a des règles, on ne peut pas agir à sa guise.

Peu après, Haru parla au téléphone avec le client chez lequel il n'avait pu aller la veille du grand séisme de Hanshin-Awaji. Sa fille vivait sur la côte dans la préfecture de Miyagi, elle avait survécu au tremblement de terre et au tsunami, s'était réfugiée avec ses enfants dans un centre d'accueil d'urgence puis, quand les routes avaient été rétablies, chez ses parents à Kōbe. Mais les pauvres gens qui n'ont nulle part où aller sont condamnés à des années en déshérence, dit-il à Haru. Savez-vous qui s'est rendu dans les zones ravagées juste après le séisme ? Ce ne sont ni le gouvernement, ni les autorités locales, ni l'aide étrangère, tous tributaires de leurs équipements, de leurs protocoles et de leurs inerties. Ceux qui ont apporté vivres et soutien aux malheureux, y compris dans les zones irradiées, ce sont les yakuzas. Les premières heures, les sinistrés n'ont pu compter que sur le peuple japonais et sur l'Inagawa-kai. Si nous sommes gouvernés par des bandits et sauvés par d'autres, les plus compassionnels ont bien le droit de reconstruire le pays. Et moi, se demanda Haru, suis-je un bandit aussi ? Il posa la question à Keisuke qui s'esclaffa : Oui mais de très petite envergure, ton racket n'est pas si méchant puisque tes poulains deviennent riches et, de surcroît, tu ne menaces ni ne trucides personne. Beth non plus, fit valoir Haru, à quoi Keisuke, pensif, répondit : Non mais

200

c'est un vampire tout de même. Un peu plus tard, ils eurent un autre dialogue.

— Tu es un marchand mais tu es également un esthète, lui dit Keisuke, cela te sauve de ta vulgarité comme les extases zen de Beth la sauvent de la sienne.

— Ma vulgarité ? répéta Haru en repensant à son vieux maître Jirō.

— Mais derrière la jouissance, il y a la solitude, continua Keisuke. Tu as toujours rêvé d'ailleurs sans jamais y aller, tu as voulu des étrangères, tu as vu en l'art un autre lieu où tu puisses panser tes plaies secrètes. Ta solitude te pousse à fuir mais tes blessures te maintiennent au sol. Pourtant, je sens en toi un point de rédemption mais je ne sais pas voir lequel.

Clara mourut le 20 mai au Second Red Cross Hospital. Elle avait trente-quatre ans. Durant les funérailles, Paul tenait à peine debout et Haru pensa que c'étaient les plus tristes auxquelles il avait jamais assisté. Le jour du dépôt des cendres au cimetière, il faisait un temps magnifique. Dans les fourneaux de l'enfer, les corbeaux croassaient au-dessus des allées, une brise tiède caressait les visages, les tombes vibraient de la vie invisible des morts. Keisuke se tint immobile durant tout le service, sobre comme un chameau avec, au regard, une douceur infinie. Le soir, il partit se saouler en ville et Haru alla à Kamigamo en compagnie de Beth. Quand ils arrivèrent, Paul faisait manger Anna et ses cernes et ses yeux, une fois encore, leur brisèrent le cœur. Beth parla japonais à la petite qui rit aux éclats en essayant de dire *daijōbu*, les parents de Clara et de Paul, qui logeaient dans un hôtel voisin, se joignirent à eux et Laura, qui était restée à la maison avec la fillette pendant la cérémonie, servit un dîner que Sayoko avait fait livrer par Kanto. Au début, ils échangèrent en anglais puis, voyant que Beth le parlait très bien, se mirent à discuter en français. Dans sa langue natale, Paul paraissait un autre homme et Haru savait combien la présence de ses parents et de ses beaux-parents lui pesait. Laura est un cadeau du ciel, avait-il dit, mais je redoute l'arrivée de la sainte Famille même si j'en comprends les bienfaits pour Anna. Il avait ajouté que Clara pensait que William était mort de n'avoir pu vivre sa part japonaise et qu'elle voulait qu'Anna pût connaître sa part belge. Haru pensa à ses ancêtres lointains, observa Beth qui faisait la conversation et se demanda quelle était l'intensité de sa douleur présente. À sa droite, le père de Paul lui évoquait un rapace, droit, sévère, l'œil froid, le geste impérieux. À la fin du repas, il dit quelque chose et le silence se fit. Paul se leva, tous l'imitèrent, Haru et Beth prirent congé et s'en allèrent ensemble dans la nuit. Je pars, dit Beth quand ils se quittèrent, je pars demain pour Londres, et elle eut le rire bref et douloureux qu'il ne lui entendait qu'aux heures noires.

À minuit, Paul frappa à la porte de la maison de la Kamo-gawa.

— Tu es voué à recueillir tes amis endeuillés, dit-il.

Il faisait peur à voir.

— Je suis en deuil aussi, répondit Haru et ils allèrent dans son bureau.

— Je croyais pouvoir me consoler à l'idée qu'elle ne souffre plus, dit Paul, et l'idée est bien là, réelle et salutaire. Mais elle ne m'apporte pas de consolation.

Ils passèrent un moment à boire et à se taire avant de parler de nouveau de tout, de Clara, d'Anna, de l'amour et, sans répit, sans fuir, de la mort.

— Qu'a dit ton père qui vous a tous fait lever le camp ? demanda finalement Haru.

— Mon père a la passion de juger plutôt que de comprendre, répondit Paul. Il fait partie de ces hommes qui aiment avoir raison.

Un courant d'air frais entra par la fenêtre, il n'y prit pas garde, frissonna.

— Mais seule la mort a raison de nous, murmura-t-il.

Après son départ, Haru erra dans la grande pièce, fuma quelques cigarettes mais, alors qu'il s'apprêtait à aller se coucher, vit, déposé sur la table basse devant la cage de l'érable, un poème calligraphié de la main de Keisuke qui ne comportait qu'un seul vers.

Seule au-delà règne la rosée

Puis, alors que tout était fini, tout continua.

C'est à cette époque que reparut dans la vie de Haru la Japonaise dont il avait été l'amant au début des années 1990. Elle revenait d'une autre décennie passée à l'étranger auprès de son diplomate de mari et il la revit à une réception officielle dans les salons de l'hôtel Okura. Je reste au Japon dorénavant, lui dit-elle, Shohei sera pour quelque temps dans les bureaux à Tōkyō et, ensuite, il repartira à l'étranger sans moi. Que fais-tu à Kyōto ? demanda-t-il. Elle sourit, ne dit rien. Elle venait d'avoir cinquante ans. Il la trouva belle et changée. Le lendemain, ils allèrent au Shisen-dō, s'assirent sur les tatamis de la galerie du temple et elle lui effleura la main. J'aimerais emmener Midori ici un jour, dit-elle, et il se souvint qu'elle adorait sa seule fille. Les pétales des grandes azalées, piqués sur le feuillage vert tendre du printemps, y répandaient une traînée d'étoiles roses. Sur un sable blond très fin étaient déposés une pierre, des fougères, des hostas, des bambous célestes, une vasque à oiseaux. À l'arrière-plan s'alanguissait une ligne d'érables graciles. Le lendemain, Haru parla de sa visite à Paul et, au dernier moment, sans savoir pourquoi, se retint d'évoquer Midori.

— Le Shisen-dō ? C'est mon préféré en cette saison, dit le jeune homme.

Il s'adossa à sa chaise.

— Nous marchons sur le toit de l'enfer en regardant les fleurs, ajouta-t-il.

Avec un naturel et une quiétude qui surprirent Haru, Emi redevint sa maîtresse. Ils se voyaient à Kyōto et à Tōkyō, faisaient l'amour, parlaient, riaient, sortaient dîner. La soif et la tension de leur première relation avaient fait place à une complicité tendre et malicieuse et, peu à peu, Haru cessa de voir ses autres maîtresses régulières. Sous une débauche de petits flocons, il fêta son soixante-troisième anniversaire dans la maison de la Kamo-gawa, Emi y figura en bonne place et il nota avec amusement qu'elle avait, en les personnes de Sayoko et Keisuke, un comité de soutien muet – aussi, bien qu'il ne parlât jamais de ses affaires privées avec Sayoko, lui glissa-t-il le lendemain, l'air de rien, qu'Emi était mariée. Comme nous toutes, dit-elle en haussant les épaules et il rit à part lui de la voir jeter aux orties des principes pour lesquels, d'ordinaire, elle se fût précipitée dans le feu. Mais force lui était de reconnaître que la vie qu'il avait eue quarante ans durant s'était infléchie sans préavis ni douleur. Il continuait de sortir, de boire, de négocier et de faire la fête mais l'esprit avait changé. Dans l'après-midi, il emmena pour la première fois Emi sur sa boucle de temples et de cimetières. Ils étaient seuls, elle marchait à ses côtés, tendre, élégante et sérieuse. Ils s'arrêtèrent en haut du grand escalier dans le silence de la ville enneigée, dans le grand calme des complexes et des tombes. Il la regarda, elle eut un souffle léger, l'amorce d'une larme, se tourna vers lui, et ses yeux brillaient. Il admira sa beauté et sa délicatesse puis, tournant ailleurs ses pensées, se dit : Tomoo demeure la forme qui donne à ma colline son esprit. Je suis entré dans l'ère des deuils et, désormais, ce sont mes morts qui donnent à ces bâtiments et ces tombes leur parfum de ferveur. Il s'arrêta dans la cour du temple et revit l'aube du 10 janvier 1970 où Tomoo et Keisuke marchaient devant lui, sous la neige, tandis qu'il se sentait à la fois grelotter et naître. Mais Keisuke et Paul sont bien vivants, se dit-il, et Rose également. Un gong sonna dans le lointain et il reprit conscience de la présence d'Emi.

Le soir, ils dînèrent dans un restaurant de Gion, une vieille institution où il avait ses entrées. Durant le repas, Emi lui parla de ses années à l'étranger puis d'un roman d'amour qu'elle était en train de lire et, tout en l'écoutant, il voyait comme au théâtre ce qu'aurait été sa vie s'il s'était marié à une femme japonaise. À l'instant où il songeait qu'il avait toujours tenu son désir à distance de son identité, Emi, à propos du roman – l'histoire d'un homme et d'une femme mariés qui finissaient par se suicider ensemble –, lui dit : Mes amis européens pensent que les Japonais ont le culte de l'amour impossible. Le reste de la soirée se passa dans une ambiance feutrée où il eut le sentiment d'être un rêveur parcourant une contrée familière et étrange. Ils marchèrent dans la nuit glacée jusqu'à un bar à vin où les retrouva Keisuke qui, franchement saoul, se mit à babiller avec Emi. Haru les écouta distraitement et, bientôt, un sourire affectueux aux lèvres, cessa de prêter attention à leurs propos. Il trempa ses lèvres dans un verre de chinon en pensant à Rose et se dit : Je suis là à m'ennuyer pour faire plaisir à Emi de la même manière que si j'accompagnais ma fille à un goûter d'enfants.

Le matin du 19 janvier 2013, veille du soixante-quatrième anniversaire de Haru, Sayoko s'arrêta net devant les baies qui donnaient sur la Kamo-gawa. Que regardez-vous ? demanda-t-il et, perplexe, distraite, elle répondit : La rivière. Vers dix-neuf heures, Keisuke l'appela pour lui proposer de le retrouver en ville avec Paul mais il avait prévu de passer la soirée en compagnie d'Emi et il déclina. Il la rejoignit dans un restaurant de sushis au dernier étage d'un immeuble où ils croisèrent Beth, revenue d'Angleterre, qui dînait avec des associés d'affaires. Ils bavardèrent un instant debout à côté de sa table. Plus tard, Emi dit à Haru : Elle est très forte, vois à quel point ils la respectent bien qu'elle soit une femme étrangère, et il eut une bouffée de nostalgie en songeant à l'époque enfuie où Beth et lui étaient amants. Le dîner se fit en goûtant la vue sur les montagnes de l'Est, ils rentrèrent à pied le long de la Kamo-gawa, il faisait doux et les herbes folles, sous la lune, pliaient comme des arches d'argent. À la maison, ils prirent un bain et se couchèrent en bavardant et en riant mais ils ne firent pas l'amour. Il contempla le dos nu d'Emi et s'endormit paisiblement.

À six heures, son téléphone sonna et il entendit la voix de Keisuke lui dire : Viens au Red Cross, nous allons à peu près bien, mais viens. À l'hôpital, il trouva le potier dans un couloir, échevelé, habillé d'un pyjama de malade. Je ne suis pas blessé, dit-il, mais j'étais mouillé, puis il raconta. Ils avaient bu plus que de raison – Haru imaginait ce que cela voulait dire – et s'étaient sans trop savoir comment trouvés sur le pont de Sanjō à se dire qu'ils devaient sauter. Ils avaient enjambé le parapet, Paul avait atterri sur un coin de pilier, Keisuke s'était reçu sans dommage dans l'eau froide, on les avait tout de suite secourus. Paul avait été opéré en urgence de la hanche, tout s'était bien passé – enfin, façon de parler, souffla Keisuke, quel abruti je fais, je sais bien que je ne peux pas mourir, j'aurais dû le protéger. Où est Anna ? demanda Haru. Avec la baby-sitter, répondit le potier, je l'ai prévenue tout à l'heure, elle était morte d'inquiétude. Haru appela Sayoko, lui conta brièvement l'histoire – ah ! dit-elle, la rivière ! – et lui dit d'aller chez Paul. Je vais ramener Anna à la maison, répondit-elle et, les jours suivants, Anna vécut le jour chez Haru, le soir chez Sayoko, tandis que Paul se rétablissait lentement. Je vais boiter jusqu'à la fin de mes jours, dit-il à Haru, mais boiter n'est rien, la vérité, c'est que j'ai failli à Anna, je ne me le pardonnerai jamais.

Il se le pardonna. Il reprit le travail, retrouva le chemin des bars avec modération et Haru aima le voir tisser avec sa fille une relation tendre et joyeuse. Il eut des aventures, aussi, car il avait compris qu'il ne pouvait plus être celui qu'il avait été avec Clara, qu'aucun homme n'est de taille face à l'absence des morts. Haru, voyant que le travail le tenait debout, lui confiait d'autant plus de missions que les Japonais l'adoraient. Il buvait sans faiblir au cours des interminables dîners, parlait peu, riait et faisait rire au bon moment, concluait les transactions avec, parfois, plus de marge encore qu'Haru ne l'eût fait. Quand il s'en amusait, Paul souriait et disait : L'esprit du capitalisme est né de l'éthique protestante, je croyais être un amateur d'art, je ne suis qu'un produit de ma culture. Mais en réalité, il souriait peu et Haru en était désolé pour lui. Anna, qui avait eu quatre ans, ressemblait chaque jour un peu plus à sa mère et, quelles que fussent l'absence et la tristesse, semblait invariablement joyeuse et mutine, pour quoi Sayoko était convaincue qu'elle était sous la protection de la forêt de Tadasu. Lorsque Paul vendit la maison et migra vers un appartement du centre-ville, elle s'en alarma et, pendant quelques mois, scruta de nouveau la petite avec vigilance. Mais Anna poussait harmonieusement et Paul y puisait sa force.

Haru fêta ses soixante-cinq ans et la fête, conjointement organisée par Sayoko et Emi, fut jolie. Il neigeait, la lanterne, dans sa cage de verre, était coiffée d'ailes de corbeau immaculées et Keisuke fit un discours hilarant parsemé de camélias, d'amitié et de saké qui se terminait par : Les gens des montagnes sont très cons. Tout le monde rit et on se dirigea sans heurts vers un printemps délicieux puis une mousson précoce et particulièrement fraîche où Haru prit froid. Le soir du 29 juin, il était chez lui à boire du thé chaud et à tenter de lire en dépit d'une vilaine toux qui lui déchirait la poitrine quand le nouvel investigateur appela. Le premier avait pris sa retraite dix ans auparavant et son successeur qui, comme lui, parlait anglais, s'excusa d'appeler au débotté et lui apprit que Maud Arden s'était suicidée la veille.

Elle avait rempli ses poches de cailloux et s'était noyée dans la Vienne. Haru donna instruction qu'on lui fasse rapport des événements et des photographies arrivèrent dans sa boîte électronique. On y voyait Paule, vêtue de noir, qui recevait les visiteurs à l'entrée de la véranda. Un cliché montra Rose quittant l'appartement de la rue Delambre avec un visage dur et fermé qui rappela à Haru celui de Maud. Les obsèques eurent lieu à l'église de la bourgade voisine et la défunte fut portée en terre au même cimetière que son père, dans la campagne, à dix minutes de là. Le photographe n'avait pu s'approcher, les photographies étaient floues, on distinguait mal les visages mais il parut à Haru qu'ils portaient des masques blêmes et, comme au nō de son enfance, frayaient avec un monde de spectres.

— Que vas-tu faire ? lui demanda Paul le lendemain.

Haru toussa et alluma une cigarette.

— La contacter mais je ne sais pas encore comment.

— Comment est pourtant la question japonaise par excellence, dit Paul, je ne connais aucun peuple qui mette si gracieusement le pourquoi de côté.

— Elle a vécu sans père et presque sans mère, dit Haru, je ne peux pas débarquer dans sa vie comme une fleur.

Il toussa de nouveau.

— Tu devrais voir un médecin, dit Paul, cette bronchite traîne.

— J'y vais tout à l'heure, dit Haru, j'ai rendez-vous à seize heures.

Il alla à pied chez son médecin en longeant la Kamo-gawa, prenant à gauche sur le pont de Demachi et remontant brièvement Kawabata dori. Il pleuvait faiblement, il se sentait fatigué et heureux d'une façon inimaginable, chaude et profonde, qui creusait en lui des puits d'émotion multiples. En France, les années s'étaient écoulées dans une morne répétition, sa fille s'étiolait, belle et morose, dépouillée de sa colère, indifférente et, en apparence, résignée. Il ne se passait presque plus rien dans sa vie, elle ne voyait presque plus ses amis, n'avait presque plus d'amants, travaillait, rentrait chez elle et, chaque fois qu'il recevait rapport et photos, Haru devait se résoudre à l'évidence que la noirceur de Maud l'emportait. Bientôt, toutefois, Rose connaîtra son âme japonaise, se disait-il en admirant les hérons fondus dans la grisaille de mousson. Bordant le lit de la rivière, les herbes folles, vertes et grasses de pluie, ployaient sous le vent frais. Face à lui, les montagnes de l'Est formaient une masse sombre et secrète. Tout autour, par la magie conjuguée de ses laideurs contemporaines et de ses sanctuaires de grâce, le rêve de Kyōto le pénétrait comme jamais et il sourit en pensant : Me voici plus japonais encore de vouloir que ma fille le devienne.

Shigenori Mizubayashi, un ami de trente ans, l'ausculta en bavardant et, après un moment, resta silencieux.

— As-tu perdu du poids récemment ? demanda-t-il.

Haru n'en avait aucune idée.

— Je vais te prescrire des examens, dit Shigenori, tu es un grand fumeur, il vaut mieux être prudent.

— Je n'ai pas le temps d'être malade, dit Haru en riant.

Il fit les examens prescrits et n'y pensa plus, tout entier à sa Stratégie Rose. Au prétexte de sa bronchite, il déclina l'offre d'Emi de passer quelques jours avec lui et médita longuement dans son bureau en déléguant les affaires à Paul. Le 20 juillet, Shigenori l'appela en lui disant : J'ai tes résultats d'examen, peux-tu venir cet après-midi ? Haru observa Sayoko qui arrangeait des branches de lilas dans un grand vase blanc et, la voyant concentrée et sereine, ne s'inquiéta pas. Il alla à pied jusqu'au cabinet sur Kawabata, attendit un peu en songeant aux premiers mots qu'il écrirait à sa fille puis Shigenori le fit entrer dans la salle de consultation et, dans l'instant, il sut que c'était grave.

— Parle-moi sans fard, dit-il.

— Il faut une biopsie et d'autres examens encore pour en savoir plus mais une chose est certaine : tu as un cancer.

— Du poumon ? demanda Haru.

— Les deux poumons sont touchés.

— Maintenant ? dit Haru.

Le médecin le regarda, interloqué.

— Il faut que ça arrive maintenant ? dit le marchand et il rit de ce rire bref qu'il avait connu à d'autres en pensant : Et ainsi du destin.

— À quel point est-ce mauvais ? demanda-t-il encore.

— On en saura plus après la résonance magné-
tique et la biopsie, répondit Shigenori. Ne prends pas
cette annonce pour une sentence, beaucoup de gens
vivent longtemps avec un cancer similaire.

Haru rentra, pria Sayoko de prendre le thé avec
lui et lui apprit la nouvelle. Elle tenait sa maison,
son agenda, connaissait son secret : entre tous, elle
méritait d'être dans la confidence. Au demeurant,
il était curieux de savoir pourquoi la dame des tra-
gédies n'avait pas eu vent de celle-ci et se disait que
cela constituait peut-être matière à espérer. Quand il
lui parla, elle laissa échapper un hoquet de surprise.
— Ce n'est pas possible, dit-elle et il crut qu'elle
niait la réalité de sa maladie.
Il se trompait car, devançant sa question, elle
ajouta :
— Je suis toujours aveugle chez moi.
— Chez vous ? répéta-t-il.
— Enfin, ici, précisa-t-elle en désignant la pièce
inondée de lumière.

Il se soumit à une batterie de nouveaux examens
et revit Shigenori dans le courant du mois d'août.
— Ce n'est ni le plus agressif ni le plus sympathi-
que des cancers, lui dit le médecin, mais il y a de très
bons traitements aujourd'hui et je vais t'adresser au
meilleur oncologue de Kyōto.
— J'ai combien de temps ? demanda Haru.
— On ne peut pas savoir.
— Combien ? répéta Haru.
— Cinq ans, peut-être dix, répondit Shigenori,
mais ne me fais pas un procès si nous te menons à
tes quatre-vingt-dix ans.

En sortant du cabinet, Haru appela Paul et lui proposa de le retrouver chez Kitsune — Sayoko gardera Anna, lui dit-il, je tiens à ce dîner avec toi. Paul arriva à l'heure, s'assit, laissa Haru commander des bières et dit :

— Parle-moi sans fard.

Après que Haru lui eut tout expliqué, il s'adossa à son siège et dit seulement : Je suis là.

— Tu vas devoir tenir la boutique, dit Haru, personne n'aime les marchands malades et, en général, le Japon n'aime pas les malades, tu seras notre visage quand je ne le pourrai pas.

— Qui d'autre vas-tu informer ?

— Keisuke, Beth, Emi et, une fois que ce sera devenu évident, tout le monde.

Le chef vint leur offrir une tournée de shōchū, Haru rit et demanda à Paul s'ils étaient désespérés à ce point. Nous le sommes, répondit le jeune homme et il sourit. Ils burent leur shōchū dans de grands verres avec beaucoup de glaçons.

— Mon père est mort dans son sommeil sans souffrir, dit Haru, je m'étais presque convaincu que je ferais de même.

L'évocation de son père le fit dériver vers d'autres souvenirs.

— J'ai connu autrefois un maître de thé dans les montagnes près de Takayama. Il s'appelait Jirō Mifune, il avait une boutique d'antiquités en ville où, parmi des monceaux de camelote, tu pouvais trouver des merveilles. Il officiait dans sa cabane entre les caisses de bière et les piles de vieux magazines mais jamais je n'ai entendu aussi clairement l'appel du thé que chez lui.

Il leva son verre à l'ami invisible.

— Il disait qu'un homme qui croit se connaître est dangereux. Mais, en réalité, il suivait la voie du thé et il savait qui il était. Je vais faire de la petite pièce nord une chambre de thé, j'ai besoin de voir, je n'ai plus le temps de croire.

Paul leva son verre.

— Et Rose ? demanda-t-il.

Haru hocha la tête.

— Je ne sais pas encore.

Les traitements, les examens, les semaines et les mois : tout fut cruel. En août 2014, Haru avait repoussé la décision pour Rose et, en général, quelque décision tranchée que ce soit. En juin 2015, alors que les nouvelles sur le front du cancer étaient indécises, il alla avec Kanto à la première journée du festival de Takigi-Nō. Il faisait doux, un peu nuageux, et il se surprit à aimer la manifestation en plein air qui lui rappela les représentations de son enfance. Quand on alluma les torches et que la scène et le sanctuaire illuminés se détachèrent sur un fond d'obscurité croissante, il fut saisi par la densité que la nuit réelle offrait à la pièce. Sous la lune montante, elle lui donnait à voir le monde comme jamais encore il ne l'avait vu et, se sentant arpenter des provinces secrètes, il s'endormit de la manière dont on s'abandonne à des mains protectrices. À l'instant où il se réveilla, l'acteur principal portait un masque de vieil homme qui, certainement, avait été sculpté par un grand artiste car Haru n'avait connu sur aucun autre une si vive expression de souffrance – ou bien y suis-je devenu plus sensible ? se demanda-t-il en comprenant avec effroi que c'était le visage émacié de la mort cependant que l'acteur psalmodiait : Et si je viens, c'est pour vous dire mes tourments.

Le lendemain, après un sommeil agité de rêves de noyade où couraient fantômes et démons, il organisa tout sans parler à personne. Dans la nuit éclairée d'art et de feu, il avait vu la vérité et il savait sans avoir besoin des médecins qu'il lui restait peu de mois lumineux. Trois semaines plus tard, il prévint Paul et Sayoko qu'il partait pour quelques jours à Takayama et demanda à Kanto de venir le chercher le lendemain à l'aube. Dans le jour naissant, il le pria de le mener à l'aéroport international du Kansai et, ensuite, de n'en souffler mot à personne. Il regarda défiler les rues de la ville, des faubourgs puis, dans la plaine du Sud, le long des autoroutes, l'horrible zone urbaine d'Osaka. À la fin du périple, la voiture emprunta le grand pont qui relie l'aéroport à la côte et il s'amusa du panneau en anglais et en katakana, le syllabaire pour transcrire les mots étrangers, qui disait : Sky Gate Bridge R. Il balaya du regard la grande baie d'Osaka, ses bâtiments industriels, ses bateaux de pêche et de croisière, ses constructions de béton lugubre et ne put rien trouver de plus japonais que ce paysage maritime défiguré par la modernité.

Kanto l'accompagna au comptoir d'enregistrement et à l'entrée des portes d'embarquement où il s'inclina avant de s'en aller comme s'il l'avait déposé chez le dentiste. Après les contrôles et la douane, Haru alla au salon de la classe affaires et s'y assit dans un fauteuil près de la baie qui donnait sur les pistes et la mer. Un avion décolla, un autre atterrit, il se servit un café, revint à son fauteuil. Il restait deux heures avant l'embarquement, il prit un journal, le reposa, des vols arrivèrent encore, repartirent, la mer s'agita sous l'effet d'un vent croissant. Il observa que, selon la phase d'envol ou d'approche, les avions paraissaient tour à tour lourds et légers, patauds et élancés et, à un certain moment, la trajectoire d'un petit porteur lui évoqua les hérons de sa rivière et, par contiguïté, le torrent de son enfance. Il se souvint y avoir vu les rives opposées de sa vie et, au centre des eaux vives, énigmatique et aérienne, sa fille – voilà où je suis, pensa-t-il, tout près du cœur en fusion du mystère, là où je peux enfin rejoindre Rose. Le ballet des avions continua, il but deux autres cafés, grignota des senbeis, se répéta le nom de l'hôtel qu'il avait choisi à Paris. La mer se soulevait sous des nuages d'encre, il eut peur de la tempête naissante mais les tableaux affichaient des vols à l'heure et il se détendit avec un verre de vin. Enfin, il quitta le salon, la baie, la mer, les pistes que le ciel sombre vernissait.

Pendant le vol, il lui fut impossible de dormir. Le café, la durée du trajet, l'imprévu du voyage : tout le maintenait éveillé. Dans la cabine obscure, les yeux grands ouverts, il imaginait la minute où il entrerait dans le même espace que Rose et la verrait, devant lui, enveloppée du même air, enserrée dans la même trame d'existence. À l'atterrissage, après douze heures de cette étrange vigilance, il était épuisé. À la sortie, portant un panneau à son nom, l'attendait un Japonais que Manabu Umebayashi avait embauché pour lui. Il le conduisit jusqu'à une voiture où Haru s'endormit presque instantanément. Lorsqu'il s'éveilla, ils étaient déjà dans Paris, c'était le début de l'après-midi et il pleuvait. L'hôtel lui parut propre, le service médiocre, la chambre confortable. Il prit une douche et s'allongea sur le lit, ne revint à lui qu'alors qu'il faisait nuit noire. Il empocha le téléphone que lui avait fourni l'homme de Manabu et sortit.

Il ne pleuvait plus et il flâna au hasard en se repérant à la tour Montparnasse. Il trouva la ville sale et malodorante, marcha longtemps dans les rues endormies mais il se fichait de Paris et ne pensait qu'à elle. Bientôt, il eut faim. Le jour s'était levé et, parvenant à un grand boulevard, il reconnut le café. Sur les photographies, il en avait scruté les tables et les chaises en osier vert et blanc, les baies ouvertes sur le comptoir de bois, les serveurs en chemise blanche, cravate et gilet noirs. Il s'assit en terrasse et commanda un petit-déjeuner.

Trois décennies de photographies lui avaient rendu Paris familière mais elles ne disaient pas les odeurs, la lumière et, surtout, la manière dont les gens se déplaçaient. Or, plus que l'exotisme du décor, des physionomies ou de la langue, le mouvement des passants plongeait Haru dans un bain d'irréductible étrangeté. Rencontrer des Français à Kyōto, fréquenter des Occidentales, ne l'avait pas préparé à cette foule animée de gestes spécifiques et, noyé dans cette marée d'autre monde, il se sentit séparé de la réalité. Au bout d'une heure, la fatigue reprit le dessus, il lui sembla puéril d'avoir espéré une apparition miraculeuse et il pensa rentrer à son hôtel pour y organiser la matinée du lendemain. Il avait en tête d'aller devant l'institut de recherche de Rose à l'heure où elle commençait le travail – il l'apercevrait et, de cette première impression, naîtraient les décisions suivantes.

Il la vit arriver droit sur lui. Elle traversait le boulevard et il comprit qu'elle venait à sa terrasse. Elle portait une robe verte très simple, des sandales plates, ses cheveux étaient dénoués. Elle le regarda sans le voir et s'assit à la table voisine. Le serveur s'approcha, elle commanda un café et le son de sa voix, où il reconnut le timbre de sa propre mère – l'empreinte de ses montagnes –, le bouleversa. Il était à moins d'un mètre d'elle et, comme elle ne lui prêtait aucune attention, il la détailla à son aise. Il y avait en elle une énergie qu'on ne percevait pas sur les photographies et qui lui évoqua la fragile opiniâtreté des fleurs. Combien d'hommes l'ont-ils aimée pour cela et se sont-ils heurtés à sa rage et à son indifférence ? se demanda-t-il. En prenant sa tasse, elle fit tomber sa cuillère, il la ramassa et la lui tendit. Elle le remercia, il dit : You're welcome, elle le dévisagea, hésita.

— Vous êtes japonais ? demanda-t-elle finalement.

— Oui, dit-il, vous connaissez le Japon ?

— Merci bien, répondit-elle, pas ma tasse de thé.

Il sourit.

— Nous avons de belles choses, vous savez.

— De belles choses ? répéta-t-elle.

— Les choses sont peut-être peu de chose, dit-il, mais tout de même.

Elle commanda un autre café au serveur qui passait.

— Quelles belles choses ? demanda-t-elle.

— Nous avons des cieux, dit-il.

— Des cieux ?

— Des cieux au fond desquels se fanent des jardins et où passent parfois des renards.

Elle le fixa.

— Vous avez des amis, ici, peut-être ? demanda-t-elle.

Il décela une légère tension dans sa voix. Il pensa : Cela arrive maintenant. Quelque chose s'enclencha, une sorte de brèche dans la trame des choses par laquelle il avait l'infinité du temps pour rentrer en lui-même avant de répondre. Une torpeur insolite le prit là où il était et le mena ailleurs, sous les arbres du Kokedera. Il errait à l'abri de leurs frondaisons et s'enchantait de leur pouvoir d'engendrer la vie en dépit de leur enracinement. Il entendait leur chant et comprenait la puissance des mutations immobiles. Il musarda un moment sous les cimes de la mémoire, admirant les mousses et les brumes, se laissant aller au rayonnement magique de la terre. La vérité ruisselait selon des miroitements intermittents de sous-bois où il voyait tour à tour les années, les solitudes et les impuissances. Bientôt il serait un fardeau pour les siens et, bercé par la mélopée des feuillages, il pensa : Rien n'arrive au hasard. Elle le regardait, il l'aima avec une force insensée et s'arracha le cœur d'un seul coup.

— Non, dit-il, je ne connais personne en France.

Elle le fixa encore, haussa les épaules.

— Bien sûr, dit-elle.

Il songea à Beth que le Nanzen-ji transformait en une autre femme, songea qu'il avait toujours été tenté par l'ailleurs mais qu'ici, il était simplement un étranger, songea enfin qu'aimer, c'était donner de la lumière. Il lui parla en japonais. Il lui dit qu'elle était une fleur puissante, qu'il avait foi en sa force et en sa détermination, ajouta qu'il espérait qu'un jour, l'esprit lui dévoilerait son cœur. Elle plissa les yeux avec perplexité, héla le serveur, paya ses cafés, se leva.

— Bon séjour, dit-elle.

Il la suivit des yeux jusqu'à la bouche de métro voisine, demanda l'addition et rentra à son hôtel en suivant les indications de son téléphone. Il s'allongea sur le lit. Il s'était attendu à une douleur intense, irradiante, dont il ressortirait vide et calciné, lavé de sentiments. Il ne ressentait rien.

Il appela la compagnie aérienne et l'homme de Manabu Umebayashi, déjeuna puis dîna dans sa chambre sans sortir. Le lendemain, à l'aube, son chauffeur l'attendait devant les portes de l'hôtel. Cette fois, il voulut vivre chaque battement de cœur qui le séparait de l'envol et il ne dormit pas durant le trajet vers l'aéroport. Il enregistra sa valise, se rendit au salon, y but du vin et du café. Lorsqu'il prit place dans l'avion, il se prépara une fois encore à la vague de chagrin mais, au lieu de cela, se levèrent en lui un soulagement vertigineux et une incompréhensible ivresse. L'avion creva les nuages, le soleil inonda la cabine et il se souvint du roman d'Emi sur l'amour impossible – l'amour impossible qui, comme l'amitié, est une partie de l'amour.

De retour dans la maison de la Kamo-gawa, il fit renaître son cœur arraché de père sous la forme d'un cœur d'homme mourant et il informa les vivants qu'il se trouvait désormais dans un royaume intermédiaire où ils ne pouvaient plus le rejoindre. La première à être informée de cette migration sans retour fut Emi.

— Je peux tout te donner mais tu n'en veux pas, dit-elle.

Il la considéra tendrement.

— J'ai passé avec toi des années heureuses mais je suis un solitaire et je ne peux partager ma maladie avec personne.

— Un solitaire ? répéta-t-elle.

Elle eut un rire désabusé.

— Un homme qui croit se connaître est dangereux, dit-elle et, après l'avoir serré dans ses bras, elle partit.

Le soir, il alla retrouver Keisuke dans un bar, lui rapporta ce qu'il avait dit à Emi et ajouta : Je sais que tu vas me blâmer, je ne suis moi-même pas très loin de le faire.

— Qu'est-ce qu'un homme ? demanda le potier en retour.

— Tu vas me le dire.

— C'est d'abord une solitude.

— Précisément, dit Haru.

— C'est ensuite une chute et une naissance. Tu crois pouvoir naître seul ?

— Il me semble au contraire que je vais mourir, dit Haru.

— Tu ne comprends pas ? Toi qui rêves d'ailleurs, tu es si Japonais, nous croyons tout maîtriser et tout nous échappe. Ton obsession de la forme, c'est celle de la maîtrise. Mais au centre, il y a ce gouffre où nous sommes aveugles, à moins que nous acceptions de ne plus regarder et de laisser l'autre nous montrer qui nous sommes.

— Je ne peux pas demander ça à Emi, dit Haru.

— Ah ! dit Keisuke. Tu crois encore que tu as le choix ! Mais à tout être humain il faut quelqu'un pour accompagner sa chute et sa naissance.

Plus tard, dans la chaleur complice de l'amitié, alors que le saké adoucissait les menaces, Keisuke se mit à rire.

— Quel imbécile et quel samouraï tu fais, dit-il.

Le troisième à être informé fut Paul. Haru ne lui parla pas de Paris, lui dit seulement qu'il renonçait à connaître sa fille.

— Mais un père est un père, qu'il soit en bonne santé ou malade, dit Paul quand il eut fini de parler.

— Un père absent devenu père malade, dit le marchand.

— Tu as des années devant toi et tu renoncerais à ta plus importante rencontre ?

— Devant moi : la maladie, le déclin, la mort.

Il rit.

— Comme on se trompe, n'est-ce pas, lorsqu'on n'a pas le couteau sous la gorge ? Ce qu'un père doit donner à sa fille, ce sont des lumières qui l'éclairent sur elle-même. C'est ce que Beth n'a pas su faire avec William : je dois à Rose sa part japonaise.

— Comment comptes-tu faire cela à distance ? demanda Paul.

— Il me reste quelques années pour le comprendre, répondit Haru. C'est étrange, prendre cette décision rend la mort réelle et, pourtant, je me sens ivre et heureux.

— C'est l'ivresse de donner, dit Paul, de donner sans rien attendre en retour, parce qu'on a saisi le sens véritable du don. Je t'envie ce vertige.

Mais Haru, lui, savait depuis les heures de Paris que c'était celui de renoncer à la rencontre et d'en sentir le paradoxe d'une proximité affermie. À la lente érosion de la certitude de se connaître, en quoi avaient consisté les dernières décennies, se substituait la promesse de la seule mutation qui comptait, illuminée des minutes où il avait pu parler à sa fille.

L'été et l'automne s'écoulèrent dans une accalmie relative, le cancer progressait lentement, sans exploser, sans reculer, Haru menait une vie presque normale mais il ne fumait ni ne buvait plus et savait ses respirations comptées. En janvier 2016, il fêta son soixante-septième anniversaire dans la maison de la Kamo-gawa sertie d'un immense bouquet de camélias blancs. Le vase noir, mat et crayeux, fit forte impression et Keisuke, dont c'était le cadeau, convint qu'il l'avait réussi. Il y avait de jeunes artistes, aussi, qui rendirent la fête joyeuse, fiers d'être là, singuliers et audacieux comme Haru à leur âge, avec autant de femmes qu'à l'accoutumée. Il les trouvait belles et lumineuses, ne les désirait pas, heureux de leur présence, charmé de leur talent — je ne désire plus que l'intimité, pensait-il en les regardant vivre et rire, l'intimité ultime, avec Rose, en dépit de la mort.

Sur ces entrefaites, l'hiver couvrit la ville de camélias et de fleurs de prunier et l'investigateur apprit à Haru le décès de Paule à quatre-vingt-sept ans. Elle s'était éteinte chez elle, dans son sommeil, sans jamais avoir été malade, et Haru en fut si soulagé pour elle mais si triste pour sa fille qu'il ne sut ce qu'il ressentait vraiment qu'en recevant des clichés des obsèques, du cimetière et de Rose perdue dans un grand imperméable noir, droite sous les averses, seule en dépit de la foule. Examinant les photographies avec Paul un soir de mars, il se rendit compte que la pluie paraissait noire et le jeune homme, se penchant sur le cliché, eut l'air troublé car, en effet, on le voyait strié de fines balafres sombres.

— Keisuke te rappellerait qu'après l'explosion des bombes, par l'effet de la chaleur, une pluie noire est tombée sur Hiroshima et Nagasaki, dit Haru, une pluie obscurcie de cendres et de poussières radioactives qui fixait l'atome au sol et détruisait tout espoir.

Ce soir-là, justement, Keisuke vint dîner avec lui et Haru, faisant une entorse à son ordinaire, but quelques coupes de saké. Ils passèrent une soirée à deviser, évoquer leurs disparus et faire scintiller la vie de ses gemmes secrètes. À la fin, Keisuke lui demanda s'il avait toujours le tableau de sa jeunesse dans sa chambre.

— Tu voudrais le revoir ? demanda Haru.

— Non mais sais-tu que c'est une rose ?

Surpris lui-même, il ajouta :

— Je ne sais pas pourquoi je te raconte ça.

Il regarda Haru.

— Mais toi, tu le sais, n'est-ce pas ? dit-il encore et il partit.

À l'aube de 2019, le cancer avait progressé, les traitements exténuaient Haru qui ne sortait plus sans oxygène, souffrait aux poumons et aux os, prenait le moins possible de morphine – en prenait tout de même. Sayoko organisait le nouveau bal de sa vie, les infirmières, les soins, les allers et retours à l'hôpital et, un jour, le lit médicalisé qui prit place face à la rose de Keisuke. Ce jour-là, Haru convia Keisuke et, comme cinquante ans plus tôt, lui servit le thé au cours d'une cérémonie sans apprêt quoiqu'un peu solennelle. Il avait fait aménager une chambre de thé dans la petite pièce qui donnait au nord et placé dans le tokonoma un rouleau figurant des violettes dans la glace. Pour le reste, il œuvra à la manière de son vieux maître Jirō et pratiqua tout sans ordre consacré en devisant et goûtant dans l'amitié la si belle folie des choses. Bien sûr, à un moment ou à un autre, ils y allèrent de leur joute favorite.

— Tu crois que l'esprit naît de la forme mais c'est le contraire, la forme n'est que la partie visible de l'esprit et le fantasme apparent de sa maîtrise, dit Keisuke.

— En quoi, malgré tes anathèmes, tu es le plus bouddhiste de nous deux, répondit Haru.

— Mais lequel est le plus japonais ? demanda Keisuke.

En mai, le mois des révélations, des commencements et des fins, Haru fit un rêve où il se promenait avec Rose dans les allées du sanctuaire de Kitano. C'était la femme incarnée qu'il avait connue à Paris et que les photographies échouaient à lui restituer. Devant un iris d'une beauté extrême, il lui tendait la main et lui disait : Tu courras le risque de la souffrance, du don, de l'inconnu, de l'amour, de l'échec et de la métamorphose. Alors, de même que la fleur est en moi, ma vie entière passera en toi. Il s'éveilla dans une intensité de douleur dont, quelques mois plus tôt, il avait décidé qu'elle scellerait sa dernière décision. Il prit juste assez de morphine pour pouvoir se lever et appela Paul qui le rejoignit après le départ de la première infirmière. Ils burent le thé devant la cage de l'érable, Haru expliqua qu'il n'allait bientôt plus pouvoir quitter le lit, demeurer conscient ou même déglutir et que, par conséquent, il était temps. Comme Paul ne disait rien, il ajouta qu'il voulait mourir chez lui, à Shinnyo-dō, qu'il avait arrangé les choses avec Hiroshi et qu'il s'éteindrait dans le petit jardin attenant à ses quartiers privés. Tu vas te suicider dans un temple ? demanda Paul, stupéfait. Je vais m'y endormir, dit-il, Keisuke et toi me ramènerez ici pour le finale. Hiroshi est au courant ? demanda encore Paul. Bien sûr que non, répondit Haru et il ajouta : Auparavant, j'ai à te demander de traduire une lettre et de noter un itinéraire.

— Pour Rose, termina-t-il. Te souviens-tu de ce que tu m'as dit la première fois à Takayama ? Que la profondeur de l'âme japonaise est tout entière à la surface, que nos jardins en sont la matière mise en forme de sorte que l'enfer devienne beauté ? J'ai longtemps cru que la tristesse de Rose ne tenait qu'à Maud, j'ai voulu ignorer la face de l'enfer dont nous autres sommes façonnés.

Il rit.

— À présent, je veux transmettre à Rose son héritage japonais : la tristesse, encore, mais avec la mention de son antidote. J'en ai eu l'intuition au Kokedera il y a huit ans et je sais maintenant que ce que j'ai à donner à ma fille tiendra en une lettre et une excursion. Quand elle viendra ici entendre mon testament, tu la mèneras en quelques endroits choisis. À la fin, tu iras avec elle chez le notaire puis tu lui donneras ma lettre et sa traduction en français.

Paul ne dit rien mais son silence, Haru le savait, valait consentement.

— Je lui lègue tout ce que je possède mais l'entreprise et l'entrepôt te reviennent.

— Il n'en est pas question, dit Paul. Je ne suis pas ton fils et je ne suis plus seulement ton employé, je suis aussi et surtout ton ami.

Haru hocha la tête.

— Quand ? demanda le jeune homme.

— Le 20 mai, dans dix jours.

Et ainsi Haru s'enfonça-t-il dans les limbes de la mort à venir. Pour en ciseler l'ouvrage, il invita Keisuke à prendre le dernier thé et là, dans la pénombre de la petite pièce, il informa l'ami.

— Celui qui veut mourir vit, celui qui veut vivre se donne la mort, souffla Keisuke. J'ai essayé maintes fois mais qui est de taille contre le destin ? Il nous punit sans distinction, les solitaires et les amants, tous privés de commerce avec nous-mêmes et avec les êtres aimés. Quant à moi, je suis le pauvre type qui veille et qui consigne l'histoire jusqu'à son dernier mot.

— L'histoire ? Mais l'histoire de qui ? demanda Haru.

— Qui sait ? Je saurai quand ce sera mon tour. Peut-être est-ce après toi ? Ou après Paul ? J'espère que non, je suis vieux et je lui souhaite d'aimer de nouveau et de vivre longtemps.

Haru servit le thé avec des mouvements doux, lents de maladie et de souvenirs, bénis de l'ombre de son vieux maître, de ses montagnes natales, de ses torrents, de ses renards magiques. Ils burent sans parler, assis sans cérémonie, et les ombres descendaient en nombre de sa mémoire et de ses versants, et une épaisseur crépusculaire le prenait. Comme Keisuke lui souriait, il lui rappela l'histoire du renard de Kakurezato qui, quarante ans plus tôt, avait emprunté un gué invisible, puis celle du renard et de la dame de Heian.

— Un jour, il y a quarante ans, je l'ai racontée à une Française, ajouta-t-il, et ensuite à Jacques Melland. Tous deux en ont été marqués mais je n'ai jamais su pourquoi.

Keisuke rigola.

— Le renard dit ce qu'on veut bien lui faire dire. Dans toute bonne histoire se croisent les trois axes majeurs où nous autres pauvres poussières nous déplaçons et chacun y fait coulisser sa vie selon ses propres ressources et infirmités. La naissance, l'amour, la mort. Le récit originel, le commencement et la fin.

Il alluma une cigarette.

— Je me souviens de la Française, dit-il. Pour elle, j'aurais continué l'histoire ainsi : Dans cette vie cerclée d'invisibilité où se mourait la dame recluse, le regard du renard faisait vaciller les frontières. Il offrait des miroirs inconnus et changeait les lois de la réfraction intime. Il ordonnait les ombres en une chorégraphie inédite. En définitive, il donnait naissance pour la dame à un autre monde, invisible lui aussi, dans lequel le cœur de sa vie lui devenait visible et, en nommant les morts, il la libérait de leurs chaînes. Il était le seul ami qu'elle aurait jamais, celui qui, pour elle, attesterait des deuils, tamiserait les obscurités et apprivoiserait l'invisible.

Il considéra pensivement Haru.

— Tu sais qu'elle était folle, n'est-ce pas ? Folle, inconsolable ou captive, appelle ça comme tu veux.

Il éteignit sa cigarette.

— Mais tu ne me dis pas tout.

Le marchand sourit.

— Tu sauras tout, dit-il.

Sayoko parut, l'après-midi suivit son cours douloureux sans que Haru ne repense à leur conversation mais, au moment où il gagnait son lit et actionnait les commandes pour s'y allonger, il se demanda : Si le thé fait voir l'invisible, que vois-je ? avant d'être traversé par une intuition diffuse et de se dire : Le renard est la clé.

Naître

À l'heure de mourir, Haru Ueno pensait : Maintenant je vois, maintenant je suis accordé aux choses. Il contemplait le bol noir et en accueillait la présence, pure forme sans forme par laquelle il comprenait désormais Keisuke. Il contemplait en lui un iris et, dans cette fleur devenue sienne, s'abolissait la douleur.

Il pensait : J'ai trouvé mon histoire, celle qui console et conjure la souffrance, je croyais l'offrir aux autres mais, en réalité, je me la contais à moi-même. À Melland, le renard disait : Tout ce qui n'a pas été fervent s'efface, la misère et la grâce sont également infinies. À moi, il dit : Tout homme marche vers l'heure de sa naissance, nous mourons à la solitude et renaissons à la lumière. Alors, dans l'intervalle entre cette fin et cette illumination, nous accomplissons le véritable voyage.

Il pensait : Rose, tout a été trié, il ne reste plus que l'os nu de l'existence et je sais que rien dans ma vie n'a été plus fort et plus important que toi. Je suis l'homme japonais qui aura été le père d'une enfant française, mon âme profonde est dans cet écart, il compose mon héritage sombre et étincelant, mon héritage d'ancêtres et de ruptures, de solitude et d'intimité, de mélancolie et de joie.

Enfin, tandis qu'une rosée d'autre rive se déposait sur le jardin de Shinnyo-dō, Haru Ueno pensa : Les morts sont supérieurs aux vivants car ils ne chutent plus.

Remerciements et gratitude
à
Eva Chanet et Bertrand Py
Richard Collasse, Hiroko Ito, Corinne Quentin
Shigenori Shibata
et, toujours, Jean-Baptiste Del Amo

Les feuilles tombent, tombent comme de loin,
De jardins qui se fanent au fond des cieux,
Tombent en faisant signe que non.

Et lors des nuits la lourde terre tombe
D'entre les astres et vers la solitude.

Nous tombons tous. Ma main là tombe.
Et regardes-en d'autres : c'est chez tous.

Il est quelqu'un pourtant qui retient cette chute
Entre ses mains d'une infinie douceur.

RAINER MARIA RILKE, *Automne*, traduction originale de Bernard Lortholary.

automne en montagne —
tant d'étoiles
tant d'ancêtres lointains

SETSUKO NOZAWA, *Anthologie du poème court japonais*, choix et traduction de Corinne Atlan et Zéno Bianu, *Poésie*/Gallimard.

There was a boy
A very strange enchanted boy
They say he wandered very far, very far
Over land and sea
A little shy and sad of eye
But very wise was he
And then one day
A magic day he passed my way
And while we spoke of many things
Fools and kings
This he said to me
"The greatest thing you'll ever learn
Is just to love and be loved in return"

Rêvons de l'éphémère et laissons-nous errer dans la belle folie des choses.

KAKUZŌ OKAKURA, *Le Livre du thé*, "Rivages Poche/
Petite Bibliothèque", Rivages.

L'histoire de la page 71 est tirée de : Mère du révérend
Jōjin, *Un Malheur absolu*, "Folio/*Sagesses*", Gallimard.

OUVRAGE RÉALISÉ
PAR L'ATELIER GRAPHIQUE ACTES SUD
ACHEVÉ D'IMPRIMER
EN MARS 2024
PAR NORMANDIE ROTO IMPRESSION S.A.S.
À LONRAI
POUR LE COMPTE DES ÉDITIONS
ACTES SUD
LE MÉJAN
PLACE NINA-BERBEROVA
13200 ARLES

DÉPÔT LÉGAL
1re ÉDITION : AVRIL 2024

N° impr. : 2400972

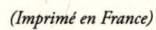